Angelika Aliti

Heißes Herz

Angelika Aliti

Heißes Herz

Offensive Krimi

Verlag Frauenoffensive

1. Auflage, 2000

(Metzstr. 14 c, 81667 München)

ISBN 3-88104-333-0

Druck: Clausen & Bosse, Leck
Umschlaggestaltung: Erasmi & Stein, München

Dieses Buch ist gedruckt auf Papier aus chlorfrei gebleichtem Zellstoff.

Die Personen

Die Schwarze Witwe
die weise Frieda

und

Stacey Kline, Sängerin
Stavros, Taxiunternehmer
Manolis, genannt Schulz
Maria aus Frankfurt, seine Frau
Petros, der Fischer
Stephanos, der Baumeister
die alte Maria, seine Mutter
Panos und seine Großmutter
Ottokar Rieselberger, Touristikmanager
und viele andere

1

Äußerlich war ihr nichts anzumerken. Vielleicht lag eine Spur Müdigkeit um ihre Augen. Aber sonst war nichts zu sehen. Eventuell hatten ihre Bewegungen weniger Dynamik. Aber das war erst auf den zweiten Blick zu erkennen. Sie selbst fühlte sich wie unter Wasser. So saß sie, eine einsame Gestalt, auf dem hinteren Deck der Fähre, die sie von Athen nach Kreta brachte, eingehüllt in einen dicken schwarzen Mantel, das Gesicht mit einem Wollschal vermummt.

Nun war sie wirklich Witwe. Sie hatte ihre langjährige Gefährtin Nina zu Grabe getragen. Noch am selben Tag hatte sie die Koffer gepackt und das Haus zugesperrt. Ihre Pflegetochter fuhr sie nach Triest, wo sie das erste Schiff bestieg, das sie bis in die griechische Stadt Patras brachte. Es war erst Anfang April. Noch fuhren kaum Touristen auf den Fähren mit, aber die Kolonnen von Lastwagen sorgten im Hafen für ebensolches Gedränge, wie es ihre Fahrer auf dem Schiff getan hatten.

Wortreich hatte sie in der drittgrößten und Fremden wahrscheinlich unbekanntesten Stadt Griechenlands für sich und Frieda ein Taxi organisiert, das sie nach Piräus brachte, wo sie in einem kleinen Hotel auf das zweite Schiff gewartet hatten, das sie nun auf die Insel der Göttin bringen sollte.

Ein kalter Sturm fegte über das Meer, wie häufig in dieser Jahreszeit. Diese Fallwinde, die aus Afrika kamen, bremsten den Frühling in seinem Drang und sorgten in den Ländern rund ums Mittelmeer dafür, daß der Sommer mit seiner sengend heißen Sonne nicht zu eilig über das Land herfiel. Der Wind zerrte an ihrem Mantel und ließ ihr Gesicht an den wenigen freien Stellen eisig erstarren. Ihr Blick wanderte über das unruhige Meer und versuchte vergeblich, sich am Horizont festzuhalten.

Ihre Gedanken schweiften zurück zu dem Augenblick, als sie erfahren hatte, daß nichts in ihrem Leben mehr so sein würde, wie es war, daß Nina nie mehr zurückkehren würde. Immer wieder sah sie die Hausamazone lachend aus dem Auto steigen und auf den Hangar zugehen. Sah, wie sie winkte und zwischen den vielen kleinen Flugzeugen verschwand, um ihre erste Fallschirmspringerstunde zu nehmen. Niemand wußte, warum sich der Fallschirm nicht geöffnet hatte. Warum auch der Notfallschirm sich nicht öffnete. Ninas Leib zerschellte auf einer Wiese. Das Leben der Schwarzen Witwe raste in einen dunklen Abgrund, aus dem sie während dieser Schiffsreise wieder aufzusteigen begann. Dieser seelische Aufstieg ins Leben zurück geschah ein wenig auch gegen ihren Willen. Jedes Wohlergehen, jedes Lachen, jede Freude schien obszön angesichts des dumpfen Schmerzes in ihrer Brust, der sie nie verließ und an den sie sich gewöhnt hatte wie an ein schlechtsitzendes Sakko.

Nicht weit von ihr entfernt stand eine alte Frau, die sie aus klaren blauen Augen scharf beobachtete. Es war ihr nicht anzusehen, welche Gefühle sie bewegten. Ihr zerfurchtes Gesicht erinnerte an einen Bussard. Eisgraue Haare standen schräg im Sturm. Frieda, die wilde Frau aus dem Lugitscher Wald, behütete ihre Lebensretterin und folgte ihr überall hin. Die Schwarze Witwe hatte anfangs versucht, Frieda zu überzeugen, daß sie lieber allein reisen und dies der Einfachheit und Bequemlichkeit halber in einem Flugzeug tun wolle. Frieda hatte jedoch keinen Zweifel daran gelassen, daß sie zur Not zu Fuß, per Anhalter und im Schlauchboot folgen würde, wenn die Schwarze Witwe sie nicht mitnähme. Niemals hätte sie die Schwarze Witwe allein gelassen. Vielleicht ging es auch ein wenig darum, daß sie selbst nicht allein zurückbleiben wollte. Aber das hätte sie nie zugegeben. Sie war fest entschlossen, ihrer Beschützerin in dieses ferne unbekannte Land, auf diese geheimnisvolle Insel zu folgen.

Die Schwarze gab zu bedenken, daß Frieda mit vielen Problemen rechnen müßte – die Sprache, das Essen, das Klima, die vielen Menschen, die der alten Frau ja schon in ihrer Heimat grundsätzlich Angst machten, wieviel mehr auf einer Insel, auf der es von lärmenden Touristen nur so wimmelte.

Frieda gab nicht nach. Sie hatte eine kleine Tasche gepackt und Kräuter in ein Tuch eingeschlagen. Dann hatte sie ihre Schuhe angezogen, war in ihre warme Jacke geschlüpft, hatte sich vor die Tür der Schwarzen Witwe gesetzt und stumm, aber bestimmt auf den Abreisetermin gewartet. Da wußte die Schwarze, daß sie diesen Machtkampf verloren hatte. Sie nahm Frieda mit nach Feldbach, um ihr einen Paß zu besorgen, tauschte ihr Flugticket in zwei Schiffskarten um und nahm die Fähre.

Leise lächelte sie vor sich hin, als sie sich erinnerte, was für einen Schrei der Überraschung Frieda ausgestoßen hatte, als sie in Triest zum erstenmal in ihrem Leben das Meer sah. Tapfer hatte die alte Frau den im Hafenbecken dümpelnden Dampfer betreten. Die Schwarze hatte ihr angesehen, daß sie solch seltsamen Gebilden wie einer Fähre nicht traute, aber kein Wort der Angst oder des Protests war über ihre Lippen gekommen vor lauter Furcht, die Schwarze könnte sie heimschicken. Mit jeder Stunde, die verging, schien Frieda der Aufenthalt auf einem Schiff mehr und mehr vertraut zu werden. Sie benahm sich zunehmend, als hätte sie schon immer Schiffsplanken unter den Füßen gehabt, bis die Schwarze Witwe sie als alte Piratin bezeichnete. Da hatte Frieda zufrieden gelächelt und gesagt, sie könnte immer so weiterfahren auf dem blauen Meer, bis an ihr Lebensende.

Der Wind hatte sich gedreht. Das Schiff hob und senkte sich im Rhythmus der Wellen. Die Schwarze Witwe, die einen leichten Druck im Magen verspürte, stand auf. Sie ging zu Frieda und legte den Arm um ihre Schultern.

„Komm, meine Alte", sagte sie. „Ich fürchte, daß mich die Seekrankheit erwischt, wenn ich an Deck bleibe. Gehen wir schlafen. Die Reise ist lang. Wir werden unsere Kräfte noch brauchen."

Am nächsten Morgen lief die Fähre in den Hafen von Heraklion ein. Auch hier herrschte hektisches Gedränge. Stavros erwartete sie und brachte sie mit seinem Taxi in das Heimatdorf der Ahninnen der Schwarzen Witwe. Sie fuhren entlang der Küste an den Orten vorbei, die dem Tourismus zum Opfer gefallen waren. Hier sah es aus, als sei die Küstenstraße ein einziges deprimierend gleichförmiges Straßendorf und als gäbe es auf Kreta neben grellbunten Tavernen nur ebenso grellbunte Souvenirläden. Nach einer halben Stunde Fahrt wurden die aufdringlich häßlichen Etablissements weniger. Bis sie schließlich an endlosen uralten Olivenhainen vorbeifuhren, in denen Teppiche aus weißen, blauen, zartrosa und zitronengelben Frühlingsblumen blühten.

Ergriffen ließ die Schwarze Witwe ihren Blick schweifen. „Schau, Frieda", sagte sie. „So schön und grün ist Kreta zu dieser Jahreszeit. Kaum vorzustellen, daß die

Sonne in drei Monaten alles braun verdorren läßt. Dann ist nur noch die Macchia grün."

„Macchia, was ist das?" wollte Frieda wissen.

„Halbhohe Sträucher. Kräuter, die dich interessieren werden. Rosmarin, Thymian, Salbei, alles mögliche."

„Hm", brummte Frieda. Ihr Interesse war geweckt, das war ihr anzusehen. Diese fremde Insel hatte ihr offenbar doch etwas zu bieten.

Sie fuhren durch Dörfer, die aussahen, als wären die letzten zwanzig Jahre spurlos an ihnen vorbeigegangen. Sie passierten Hotels und Apartmentanlagen, denen anzusehen war, daß ihre Erbauer und Besitzer sich Baugeld und Baustil als Gastarbeiter im Ausland erarbeitet hatten. Als sie in Tourloti von der Hauptstraße abbogen, sagte die Schwarze Witwe zu Frieda: „Jetzt bin ich gespannt, wie die Fahrt ins Dorf hinunter sein wird. Sie haben die alte Schotterstraße asphaltiert. Das ist schade, denn damit war der letzte Teil der Reise immer ein großes Abenteuer."

Frieda sah mit ausdrucksloser Miene aus dem Fenster.

„Das ist jetzt doch auch wieder so", sagte Stavros und schaute die Witwe im Rückspiegel lächelnd an. „Die Straße sah sechs Monate nach der Asphaltierung aus, als sei sie sechzig Jahre alt."

„Dann bin ich ja beruhigt", schrie die Schwarze Witwe, um das Rumpeln des Autos zu übertönen. „Für uns, die wir nur alle paar Jahre herkommen, sind solche Modernisierungen schwer zu verkraften. Wir wollen alles so vorfinden, wie wir es verlassen haben."

„Aber wir, die wir hier leben, sehnen uns nach den Erleichterungen, die uns eine Modernisierung bringt. Das mußt du verstehen."

„Verstehe ich ja", sagte die Schwarze. „Aber ihr müßt ein Gespür dafür bekommen, wann die Modernisierung dafür sorgt, daß es auf Kreta so aussieht wie in Bielefeld auf dem Jahrmarkt."

Stravros hob die Schultern. Der Wagen bog auf seinem Weg ins Dorf um die letzte Kurve.

Kurz vor dem Dorfeingang kam ihnen eine große, in den Hüften ein wenig schwere Gestalt entgegen. Das Haar war kurzgeschnitten. Sie trug eine schwarze Windjacke und schwere Stiefel.

„War das jetzt ein Mann oder eine Frau?" fragte die Schwarze.

„Das ist eine Frau", erwiderte Stavros und lachte. „Hast du also auch geglaubt, daß es ein Mann ist? Du kannst dir vorstellen, wie alle über sie geredet haben, als sie vor ein paar Wochen hier ankam. Sie ist Amerikanerin. Nein, Kanadierin, glaube ich. Irgendso eine Kollegin von Papakonstantinos."

„Wer ist Papakonstantinos?" murmelte Frieda.

„Ein berühmter griechischer Rockmusiker", klärte die Schwarze Witwe sie auf. „Er ist häufig im Dorf zu Gast."

„Er hat jetzt ein Haus gebaut", sagte Stavros. „Seitdem hat er immer wieder Gäste aus aller Welt. Alles berühmte Leute in ihrer Heimat. Aber hier sind sie alle gleich. Niemand kennt sie. Und es gefällt ihnen sogar, glaube ich."

„Interessant", kommentierte die Schwarze. „Und wie heißt diese Amerikanerin? Ist sie eine von den Berühmtheiten? Vielleicht kenne ich sie."

„Ich kann mir diese komplizierten Namen nicht merken", sagte Stavros. „Sie heißt Stassie Irgendwas".

„Kann nicht jeder Papakonstantinos heißen", murmelte Frieda und starrte Stavros mißtrauisch an. Die Schwarze hatte ihr erzählt, daß der Taxifahrer ein guter Freund aus alten Zeiten war. Unglücklich verliebt und noch unglücklicher verheiratet. Sie hoffte nur, daß er nicht in die

Schwarze Witwe verliebt war. Seit die Schwarze vor einigen Jahren Friedas Leben gerettet hatte, hatte es sich die alte Frau zur Aufgabe gemacht, über der Witwe zuzeiten recht risikoreiches Leben zu wachen. Eine Tätigkeit, über die sie ziemlich eigensinnige Vorstellungen hatte. Ein unglücklich verliebter Freund schien nicht hineinzupassen.

„Ach, das finde ich noch heraus, wer diese Kanadierin ist", meinte die Schwarze Witwe versonnen, und zum erstenmal spielte ein zartes Lächeln um ihre Mundwinkel, was Frieda erfreut registrierte.

Die alte Frau tätschelte der Schwarzen Witwe die Hand. „Du wirst sehen. In ein paar Tagen sitzt du mit ihr in der Taverne und trinkst Kaffee. Alles wird gut."

2

„Du warst lange fort", sagte Maria und drückte die Schwarze Witwe an sich.

„Hm", antwortete die Schwarze.

„Wie lange bleibst du?"

„Hm", antwortete die Schwarze.

„Danke für das Gespräch", sagte Maria.

Die Schwarze lachte. „Ich weiß noch gar nichts", erwiderte sie. „Vielleicht bleibe ich sogar für immer."

„Laß die Versprechungen", wies Maria sie zurecht. „Immer wenn du solche Andeutungen machst, beginnen wir uns zu freuen. Und dann fährst du doch wieder fort."

„Sprich nicht vom Fortfahren", antwortete die Schwarze. „Ich bin gerade erst angekommen. Laß uns zu Georgi gehen und einen Kaffee trinken. Und dann erzählst du mir, wer zur Zeit alles im Dorf ist. Gibt es irgendwelche interessanten Gäste?"

„Könnte schon sein", sagte Maria.

Sie gingen durch das Dorf, in dem im Winter nicht mehr als fünfzig Menschen lebten, das aber im Sommer immerhin drei Tavernen und zwei kleine Hotels zu bieten hatte, schlenderten geruhsam an den liebevoll bepflanzten Gärten vorbei hinunter zur kleinen Bucht, an der die drei Tavernen lagen. Das Meer war heute glatt und bewegungslos wie ein Spiegel. Kein Lüftchen regte sich. Es war warm und sonnig wie ein kleines Versprechen auf einen wunderbaren Sommer. Aus Fotinis Küche duftete es nach gebratenen Sardinen.

Die Schwarze Witwe bekam auf der Stelle Hunger. Am liebsten hätte sie schnell in der Küche vorbeigeschaut, um von diesem und jenem zu naschen. Aber sie verschob ihre Eßlust auf einen späteren Zeitpunkt, wenn sie wirklich und wahrhaftig samt Aura angekommen war. Sie winkte Fotini im Vorbeigehen zu und wandte sich dann mit Maria zu Georgis Taverne, die genau gegenüber der kleinen Insel stand, die dem Dorf vorgelagert war.

„Wo ist dein Mann?" erkundigte sich die Schwarze, nachdem sie Georgi und seine Familie ausgiebig begrüßt und sich an den Tisch gesetzt hatten, der am nächsten zum Meer stand.

„Manolis ist in Sitia. Irgendwelche Einkäufe", sagte Maria. „Die Kinder sind in Frankfurt bei der Großmutter."

„Geht es dir gut mit deinem Kreter?" erkundigte sich die Witwe.

„Kann es überhaupt mit irgendeinem Mann gut gehen?" lachte Maria.

„Mich darfst du das nicht fragen", erwiderte die Witwe lachend. „Du weißt, ich liebe Frauen. Ich war auch verheiratet. Soll niemand sagen, daß ich es mit den Männern nicht tapfer versucht habe. Aber – kein Vergleich."

„Warum heiraten wir dann nicht?" alberte Maria.

„Weil du schon gebunden bist", blödelte die Witwe zurück. „Aber im Ernst. Geht es euch gut?"

Maria nickte. „Auf und ab wie in allen Ehen. Aber es geht uns gut. Das neue Haus macht uns ein wenig Sorgen. Wir brauchen Geld, um weiterzubauen. Geld verdienen wir aber erst mit einem fertigen Gästehaus. Alles ein bißchen schwierig."

„Hier ist einiges an neuen Häusern entstanden", meinte die Schwarze.

Maria nickte. „Es kommen mehr Touristen. Und alle im Dorf wollen mitverdienen. Neulich war sogar jemand von einem großen Touristik-Unternehmen da. Er war auf der Suche nach einem Platz für einen Ferienclub." Sie schnaubte. „Ausgerechnet bei uns am Ende der Welt."

„Wo sonst?" meinte die Witwe. „Erst ist so ein schöner Platz ein Geheimtip. Dann kennen alle den Geheimtip, und dann kommen die Ferienclubs. Und dann ist Schluß mit dem schönen Platz."

„Hier jedenfalls nicht", schimpfte Maria. „Das werden wir verhindern. Außerdem gibt es hier gar nicht genügend Bauland. Das sind alles landwirtschaftliche Flächen. Olivenhaine seit Jahrtausenden."

Die Schwarze Witwe blickte über die Hänge mit dem alten Baumbestand. „Eigentlich eine seltsame Vorstellung", sagte sie. „So ein Olivenbaum braucht siebzig Jahre, bis er richtig Früchte trägt. Und dann steht er an die tausend Jahre, bis sein Leben zu Ende ist."

„Hm", antwortete Maria versonnen. „Stell dir nur mal vor, wie viele Generationen von Menschen diese Bäume schon kommen und gehen gesehen haben."

„So alt muß ich nicht werden“, sinnierte die Schwarze. „Tausend Jahre! Das wäre mir zuviel. Neunhundertneunzig würden mir auch reichen.“

Maria lachte. „Weißt du, wie du dann aussehen wirst?“

„Ja“, sagte die Schwarze. „Dann wäre ich nur noch einen halben Meter groß und völlig verhutzelt, genau wie die Olivenbäume. Warum nur fühlt man sich in Griechenland mit der Vergangenheit über Tausende von Jahren hinweg verbunden“, philosophierte sie weiter. „Besonders hier auf Kreta geht es mir so.“

„Das liegt vielleicht an den altehrwürdigen Olivenbäumen“, sagte Maria und saugte mit dem Strohhalm geräuschvoll die letzten Reste ihres Café Frappé aus.

„Jetzt mal ganz was anderes“, wechselte die Schwarze Witwe das Thema. „Du erwähntest eben etwas von interessanten Gästen, die im Dorf sind?“

„Hab ich das?“ antwortete Maria. „Ich glaube eher, du fragtest nach interessanten Gästen.“

„Ist doch egal“, sagte die Schwarze. „Wer ist denn da?“

„Nur die üblichen Touristen“, sagte Maria. „Niemand, den du kennst.“

„Aber vielleicht kennenlernen möchte“, meinte die Schwarze.

„Tatsächlich?“ wunderte sich Maria. „Du bist doch sonst nicht die Kontaktnudel, wenn du Urlaub machst.“

„Ach, weißt du, ich denke, Ninas Tod hat vieles verändert“, sagte die Schwarze und spielte mit ihrer Kaffeetasse. „So ein Verlust hat nicht nur Schreckliches. So furchtbar es sein mag, er setzt auch immer Kräfte frei, die bis dahin nicht vorhanden schienen. Jedenfalls spüre ich immer mehr Lust auf Menschen. Ich meine Lust, neuen Menschen zu begegnen.“

„Menschen oder Frauen?“ erkundigte sich Maria.

Die Schwarze Witwe grinste. „Für Liebe ist es zu früh. Freundliche Begegnungen sind vorerst ausreichend."

„Hier ist noch so eine wie du. Macht auch Urlaub, um zu vergessen."

„Ach ja?" sagte die Schwarze Witwe, und ihre Augen hatten plötzlich eine zupackende Wachheit. „Ist sie vielleicht auch sonst so eine wie ich?"

„Woher soll ich das wissen. Seid ihr Lesben an irgend etwas zu erkennen? Nein. Siehst du. Obwohl – sehr feminin wirkt sie jedenfalls nicht. Wenn man nicht genau hinschaut, sieht sie aus wie ein Mann."

„Ich glaube, ich habe sie gesehen, als Stavros uns ins Dorf fuhr. Ist Kanadierin, hat er gesagt."

„Ja", bestätigte Maria. „Eine von Papakonstatinos Verbindungen. Soll eine richtige Berühmtheit sein. Aber das ist hier egal. Bei uns sind sie alle gleich. Innerhalb von einer Woche tragen auch die Touristen ihre ältesten T-Shirts und verbeultesten Shorts und an den Füßen billige Badelatschen. Und sie laufen wie die Einheimischen. Der berühmte kretische Gang. Schön langsam und bedächtig. Die schönen neuen Freizeitklamotten bleiben im Koffer. Das Image auch. Ob reich oder arm. Berühmt oder Lieschen Müller. Das spielt bei uns keine Rolle. Deshalb kommen manche auch schon seit fünfundzwanzig Jahren jeden Sommer her."

„Gebe die Göttin, daß das so bleibt", brummte die Witwe.

„Warum nicht?" meinte Maria. „Diese geldgierigen Tourismushaie finden doch sicherlich schönere Plätze. Im Westen, wo es viel Sandstrand gibt. Hier gibt's doch nur die groben Kieselstrände. Viel zu unbequem für die Club-Touristen. Nein, nein, glaube mir, die sind schneller weg, als du dir vorstellen kannst."

„Abwarten", brummte die Schwarze. „Und diese Kanadierin? Ich meine, taucht sie öfter hier in einer der Tavernen auf?"

„Kaum", sagte Maria. „Warum bist du denn so erpicht darauf, sie kennenzulernen?"

„Ach, nur so", sagte die Schwarze.

„Fang nicht an, dich zur Promi-Jägerin zu entwickeln", sagte Maria warnend.

„Würde ich nie tun!" beteuerte die Schwarze Witwe.

„Na, ich weiß nicht." Maria blickte zweifelnd.

„Schau mich an, Maria", sagte die Schwarze Witwe. „Können diese Augen lügen?"

„Mei Nerwe", antwortete Maria.

„Ich liebe dich, wenn du hessisch sprichst", lachte die Schwarze Witwe. „Laß uns gehen. Es wird langsam kühl am Wasser. Außerdem will ich dir Frieda vorstellen. Ich habe ihr versprochen, dich mit zum Apartment zu bringen. Ihr ist es hier bei den Tavernen zu unruhig, und es sind viel zu viele Menschen."

„Ist sie so schüchtern, oder hat sie so schlechte Nerven?" wollte Maria wissen.

„Weder noch", erklärte die Schwarze. „Sie ist ein wenig eigen. Menschenscheu. Eine Eigenbrötlerin. Eine magische Frau, wenn du so willst."

„Eine interessante Frau, so wie du sie beschreibst", bemerkte Maria. „Ich dachte, so was gibt es in Wahrheit nicht."

„Gibt es doch. Frieda ist so lebendig, wie du dir nur vorstellen kannst. Und ihre Magie auch."

„Ich bin gespannt."

„Sie ist kaum älter als ich", erklärte die Schwarze Witwe. „Aber sie hatte ein unvorstellbar hartes Leben. Darum wirkt sie so steinalt. Sie ist mutterseelenallein aufgewachsen auf einem abgelegenen verlassenen Hof. Ihre Mutter durfte das Kind nicht mit in die Ehe bringen, als sie den reichsten Bauern aus dem Dorf heiratete. Als junges Mädchen ist sie vergewaltigt worden. Das Kind, das dabei entstand, hat man ihr weggenommen. Eine schreckliche Geschichte. Sie ist sicherlich doppelt so alt wie ihr biologisches Alter."

„Arme Frau", sagte Maria mitleidig.

„Da ist Frieda anderer Ansicht", widersprach die Witwe. „Sie hat eine seelische Stärke entwickelt, wie du es wahrscheinlich nicht kennst. Sie heilt mit Kräutern und kann sich noch in der schwärzesten Dunkelheit lautlos und sicher bewegen. Ich habe viel von ihr gelernt und ihr viel zu verdanken." Sie winkte Georgi, um zu zahlen.

Dieser Tag sollte der Schwarzen Witwe später als der einzige bis zur Ereignislosigkeit friedliche Tag ihres Aufenthaltes auf Kreta erscheinen.

In diesem Augenblick ahnte sie nichts davon. Jetzt gab es nichts als die Hoffnung, die Vertrautheit und Geborgenheit des Dorfs möge ihr die seelische Ruhe schenken, die sie so brauchte.

Sie schaukelte langsam an einem Miniladen vorbei, in dem es Sonnenöl, Kekse und Farbfilme zu kaufen gab, ließ die Kapelle hinter sich und kam an ein kleines, ein wenig heruntergekommenes Haus, das auf einer Klippe stand und seit einigen Jahren darüber nachdachte, warum seine Erbauer es nie fertiggebaut hatten.

Sie stieg die Treppe hinauf und trat auf die Terrasse im ersten Stock, wo Frieda es sich in einem wackeligen Plastiksessel bequem gemacht hatte und aufs Meer blickte.

„Jede Welle ist anders", sagte sie und machte ein Gesicht wie ein neugeborenes Zicklein, das zum erstenmal die Welt erblickt.

Die Schwarze Witwe lächelte.

„Ich gehe hier nie mehr fort", sagte Frieda.

„Von wo, von dieser Terrasse?" fragte die Witwe nach.

„Von dieser Insel", sagte Frieda. „Ich will immer am Meer bleiben."

„Ach, meine Alte", sagte die Schwarze Witwe. „Eins ist hier auf dieser Insel gewiß einfacher für dich als daheim in der Steiermark. Hier leben ganz viele Frauen ein für die Öffentlichkeit unsichtbares Leben. Es würde niemanden wundern, wenn du dein Leben in Unsichtbarkeit aufnimmst. Es würde nicht mal jemandem auffallen."

„Ich bleibe hier", betonte Frieda noch einmal mit Bestimmheit.

„Auch wenn ich nicht bleibe und wieder fortfahre?" hakte die Schwarze nach.

Spontan wollte Frieda nicken. Dann hielt sie inne. Das war in der Tat ein großer Konflikt für sie. „Hm", brummte sie mit ihrem sonoren Baß. „Vielleicht bleibst du ja auch", verlieh sie ihrem Wunsch einen Hauch von Hoffnung. Die Schwarze Witwe spürte es und antwortete nicht, um Frieda nicht zu enttäuschen.

3

Die Sonne ging in einem grandiosen Farbenspiel von rosa über rot zu aprikosenfarben und gelb über dem spiegelglatten Meer auf. Es war windstill, nichts war zu hören. Die drei Tavernen des Dorfes waren noch menschenleer. Von Liminaria bewegte sich eine androgyne Gestalt langsam, aber mit ausladenden Schritten auf das Dorf zu. In ihrer Begleitung befanden sich zwei Hunde und eine alte Eselin, die sich ebenso bedächtig und langsam bewegten, aber genau darauf zu achten schienen, die Nähe zu ihrer Begleiterin nicht zu verlieren. Die Gruppe schaukelte den Weg am Meer entlang. Immer wieder blieb die Gestalt stehen und ließ unter einem tief heruntergezogenen Hut den Blick über das Meer schweifen.

Als sie das Dorf erreicht hatte, bog sie nach links zur kleinen Kapelle. Dort machte sie kurz Halt und starrte durch die Verglasung der Tür in den heiligen Raum, bevor sie weiterging. Dann kam sie an dem Haus auf der Klippe vorbei. Kurz blieb sie auch hier stehen und schaute auf das spiegelglatte Wasser. In diesem Augenblick fiel eine rote Rose vor ihre Füße. Verdutzt bückte sie sich und hob die Blume auf. Sie roch an ihr, dann hob sie den Kopf, um zu sehen, wer ihr die Blume zugeworfen hatte.

Niemand war zu sehen. Das Haus schien unbewohnt. Die Dorfstraßen waren leer. Alle Fenster waren geschlossen. Die Gestalt schüttelte den Kopf, steckte die Rose ins Knopfloch ihres alten Sakkos und ging weiter.

Was habe ich getan? dachte die Schwarze Witwe und lehnte sich mit Herzklopfen an die rückwärtige Wand der Terrasse. *Ich hasse es, mich lächerlich zu machen. Und eine rosenwerfende Frau macht sich lächerlich.* Sie kicherte nervös. *Das kommt nur von dieser Einsamkeit. Wer weiß, wer diese Kanadierin überhaupt ist. Ich bin eine alte Närrin. Habe ich keine anderen Sorgen, als mich schon wieder auf die Pirsch zu begeben? Die wird auch nicht unbedingt ausgerechnet auf mich gewartet haben.*

„Immerhin hat sie die Rose behalten“, sagte Frieda hinter ihr.

Die Schwarze Witwe fuhr erschrocken zusammen. „Du bist schon auf?“ fragte sie.

„Natürlich“, antwortete Frieda. „Es ist ja schon hell.“

„Hast du gesehen, mit wie vielen Viechern diese Frau unterwegs ist?“ meinte die Schwarze Witwe. „Wo hat sie die nur her?“

„Schöne Eselin“, sagte Frieda.

„Meinst du mich?“ argwöhnte die Schwarze Witwe, die sich noch immer wegen ihrer Rosen-Offensive genierte.

„Niemals“, widersprach Frieda und strich der Schwarzen Witwe wie einem kleinen Kind über den Kopf. „Das weißt du doch.“

Die Schwarze Witwe seufzte tief und lehnte sich mit ihrem ganzen Gewicht gegen Friedas Schulter. „Ich weiß“, sagte sie. „Du bist mir eine wahre Freundin.“

„Du bist mein Leben“, sagte Frieda leise und strich sich mit ihrer faltigen Hand, an der die Adern komplizierte Muster bildeten, die eisgrauen Haare aus der Stirn.

Die Schwarze Witwe schloß die Augen. Auf einmal sah sie sehr müde aus. „Ich weiß gar nicht mehr, was das ist: Leben“, sagte sie. „Ich frage mich immer wieder: Was ist das: Leben?“ wiederholte sie.

„Ich weiß nicht, was du meinst“, erwiderte Frieda. „Lebe es doch einfach, das Leben.“

„In all den Jahren, die ich hinter mir habe, habe ich vor allem ums Überleben gekämpft“, sagte die Schwarze. „Ich habe mein materielles Leben sichern müssen, habe in Beziehungen zu überleben versucht. Und jetzt kommst du und sagst mir, ich soll das Leben einfach leben.“

„Ja“, sagte Frieda.

Die schwarze Witwe schnaubte. Dann sagte sie nach einer kleinen Pause: „Ich fürchte, ich habe nicht die geringste Ahnung, wie eine das macht. Ich weiß ja nicht einmal, was dran ist an dem, was ich fühle. Was treibt mich, der Kanadierin eine Rose vor die Füße zu werfen? Eben hatte ich so ein Gefühl von Untreue Nina gegenüber. Aber Nina ist nicht mehr da. Niemals mehr wird sie da sein." Sie schüttelte nachdenklich den Kopf. „Ich denke an die vergangenen Jahre zurück und bin mir auf einmal gar nicht mehr sicher, ob ich wirklich so glücklich war, wie ich immer dachte. So vieles, was mir damals wichtig war, erscheint mir heute nichtig und klein. Und dann denke ich, daß sich das ja auch auf die Zukunft anwenden läßt. Daß das, was ich heute so wichtig finde, eines Tages völlig bedeutungslos ist."

„Das kann auch gut sein", wandte Frieda ein.

„Aber es macht mir vieles auch so gleichgültig. Heute würde ich die Kanadierin gern kennenlernen. In einem Jahr ist es mir eventuell egal, daß es so war. Da kann ich es ja gleich bleiben lassen."

„Ja", sagte Frieda.

„Wie bitte?" fragte die Schwarze nach.

„Ja", sagte Frieda. „Du könntest es auch gleich bleiben lassen."

„Das will ich aber nicht." Die Schwarze mußte plötzlich lachen. „Hast schon recht", meinte sie dann. „Wenn ich es bleiben lassen kann, kann ich es auch tun."

„Ja", sagte Frieda. „Ich habe Hunger."

„Dann gehen wir frühstücken. Mal schauen, welche Taverne schon geöffnet hat."

Sie zogen sich an und verließen das Haus. Sie umrundeten die kleine Bucht und schnupperten die Luft des frühen Morgens, die noch völlig ungetrübt von Dieselabgasen den Duft der blühenden Macchia trug. Im Hotel Sophia setzten sie sich an einen Tisch, der schon in der Sonne stand. Von der Rückseite des Hotels hörten sie einen Hahn krähen, und quer über den Platz sang eine laute Stimme: *One more karafaiki before I go.*

„Grüß dich, Schulz!" brüllte die Schwarze Witwe über den Platz.

Um die Ecke kam ein Mann mit ziegelrotem struppigem Haar und ebensolchem Bart. „Aah!" rief er. „Hast du wieder einmal den Weg zu uns gefunden?"

„Hab ich, Manoli", antwortete die Schwarze. „Was machst du schon so früh hier draußen?"

„Geschäfte", sagte Manolis dunkel. „Wir müssen alle leben."

„Wie wahr, wie wahr", erwiderte die Schwarze.

„Ich will ein Boot", sagte Frieda.

„Was?" fragte die Schwarze und wandte sich Frieda zu, die wie gebannt auf die kleinen Fischerboote starrte, die unterhalb von Georgis Taverne an einer Miniaturmole festgemacht waren.

„Ich will so ein Boot", wiederholte Frieda und deutete mit gestrecktem Finger auf die Boote.

„Frieda, willst du nicht lieber Kräuter sammeln?" schlug die Schwarze Witwe vor.

„Nein", sagte Frieda. „Will ich nicht. Ich will fischen."

„Allmächtige Mutter", sagte die Schwarze. „Fischen gehen. Kannst du denn überhaupt schwimmen? Ich glaube, du kannst gar nicht schwimmen. Du kennst dich doch auf dem Wasser nicht aus. Du wirst dich verirren. Du wirst beim kleinsten Wellengang über Bord gehen und ertrinken. Ich werde mir mein Leben lang Vorwürfe machen müssen, daß ich deinen Flausen nachgegeben habe. Die Haie werden dich schneller gefressen haben, als du dir überhaupt vorstellen kannst."

„Ich will ein Boot", sagte Frieda.

„Vielleicht kann sie einmal mit Michalis mitfahren", schlug Manolis vor. „Er hat ein großes und sicheres Boot. Er kann auf sie aufpassen, daß ihr nichts passiert. Oder

der alte Georgi setzt sie mit dem Boot auf die Insel über. Eine kleine Ausfahrt. Ein kleiner Spaziergang. Ist doch auch ganz nett."

„Nein", sagte Frieda. „Ich will ein eigenes Boot." Verächtlich starrte sie den rothaarigen Kreter an, der es gewagt hatte, sie nicht ernst zu nehmen. Sie war vielleicht eine Frau aus den Wäldern, die bisher nicht über Feldbach hinausgekommen war. Aber nun hatte sie ihr Herz für immer an das Meer verloren. Nichts und niemand konnte sie von dieser Liebe trennen. Das stand für Frieda fest.

Die Schwarze Witwe schien das zu spüren. Einem so starken Gefühl hatte sie nichts entgegenzusetzen, denn was auch immer dagegen sprach, waren rationale Überlegungen, die Frieda jederzeit niedergebügelt hätte. Die Schwarze dachte seufzend an die Auseinandersetzung um die Mitreise Friedas und beschloß, den verlorenen Kampf abzukürzen.

„Gut, du bekommst dein Boot. Ich weiß zwar nicht, woher ich eins nehmen soll, und ich weiß auch nicht, ob ich es bezahlen kann, aber du bekommst ein Boot. Ich habe Todesangst, dich auf das Wasser hinausfahren zu lassen, aber du bekommst dein Boot." Sie atmete heftig.

„Gut", sagte Frieda. „Wann?"

„So schnell wie möglich." Dies lag in der Tat in der Absicht der Schwarzen Witwe. Allerdings wußte sie, daß es mit dem Kauf eines Fischerboots nicht getan sein würde.

Fremden war nicht erlaubt, in griechischen Gewässern zu fischen, auch nicht zum Vergnügen. Fisch war knapp geworden – dank der Dynamitfischerei früher und der Schleppnetzfischerei heute. Die griechischen Fischer wachten mittlerweile eifersüchtig über ihre Fanggründe und hatten kein Verständnis für Menschen, die zum Spaß das taten, was für sie Lebensunterhalt war. Die Schwarze Witwe sah sich bereits in langwierige und komplizierte Verhandlungen verwickelt, von denen sie nicht wußte, ob sie jemals Erfolg zeigen würden. Andererseits war sie wild entschlossen, sich in den Dienst dieser Liebesangelegenheit zwischen einer alten Frau und dem Meer zu stellen.

„Gut", sagte Frieda, und ihre Gesichtszüge entspannten sich.

„Vielleicht kann ich dir weiterhelfen", bot Manolis an. Die Schwarze Witwe, die einen leicht angestrengten Eindruck machte, hob die Augen und sah ihren Freund aus alten Tagen mit einem Blick an, der besagte, daß nichts sie noch erschüttern könne.

„Kannst du dich noch an den alten Elias erinnern?" fragte Manolis.

„Ja", sagte die Witwe abwesend. „Was ist mit ihm?"

„Er ist gestorben", antwortete Manolis.

„Tut mir leid für ihn."

„Das braucht es nicht. Er war ein mieser alter Mistkerl. Hat seine Frau geschlagen. Jeder im Dorf hatte Streit mit ihm. Aber er hat sein Boot hinterlassen. Ich könnte mir vorstellen, daß seine Witwe ganz froh wäre, ein wenig Bargeld in die Hand zu bekommen."

„Ach so", sagte die Schwarze mit weitaus wacherem Blick. „Du meinst, sein Boot steht zum Verkauf?"

„Ich könnte mal mit ihr sprechen", erwiderte er. „Vielleicht macht sie dir einen guten Preis."

Frieda strahlte.

„Schulz, ich weiß nicht, ob ich mich freuen soll, aber ich danke dir", sagte die Schwarze.

„Warum nennst du ihn Schulz?" erkundigte sich Frieda.

„Das ist sein Spitzname. Weil er rote Haare hat und mit einer Deutschen verheiratet ist."

Schulz starrte aufs Meer hinaus.

„Scheint ihm nicht zu gefallen, dieser Name“, flüsterte Frieda mit ihrem sonoren Baß.

„Richtig“, schmunzelte die Schwarze. „Aber jeder hier nennt ihn so.“

„Völlig blödsinniger Name“, protestierte Schulz. „Ich höre nicht drauf.“

Die Schwarze Witwe prustete los. „Zu spät, mein Lieber. Es gibt Menschen auf Kreta, die kennen nicht einmal deinen wahren Namen. Dir bleibt gar nichts anderes übrig, als es mit Fassung zu tragen.“

Der rothaarige Kreter schwieg struppig vor sich hin. Ein leichter Wind erhob sich, und auf dem bis dahin ruhigen Meer zeigte sich Wellengang.

Die Schwarze Witwe stand auf, um auf die Toilette zu gehen. Schwungvoll und locker sprang sie über die Eingangsstufe zur kleinen Hotelhalle und prallte ungebremst in eine Gestalt, die gerade dabei war, das Hotel zu verlassen.

„Excuse me“, murmelte Stacey Kline.

„Excuse me“, murmelte die Schwarze Witwe und wurde verhältnismäßig rot.

„Haben Sie sich verletzt?“ fragte Stacey und blickte die Schwarze Witwe aus tiefgründigen Augen an.

Die wußte auf einmal, daß sie in fremde Gewässer geraten war, und fühlte sich plötzlich ein wenig schwach auf den Beinen. „Ist schon in Ordnung“, sagte sie und rührte sich nicht vom Fleck.

„Das ist gut“, sagte Stacey und wartete darauf, daß die kleine dunkelhaarige Frau vor ihr den Weg freigab.

Die kleine dunkelhaarige Frau dachte nicht daran, weil es ihr überhaupt nicht bewußt war, daß sie im Weg stehen könnte. Sie schaute auf die große Frau, die vor ihr stand, und schien in ihren Anblick zu versinken. Ihr Herz klopfte bis hinauf in den Hals. Ihr Herz raste. Es kam ihr vor, als schleiften ihre Arme auf dem Boden. Sie wagte sich nicht zu bewegen, denn sie war sicher, ihre Unbeholfenheit und Hölzernheit müßten die Frau auf der Stelle verscheuchen.

Sie konnte sich vorstellen, daß ihr Gesicht womöglich einen wenig vorteilhaften, wenn nicht gar dümmlichen Ausdruck hatte, und nichts erschien ihr unangebrachter als das.

„Wo gehen Sie hin?“ fragte sie auf einmal.

„Wie bitte?“ erwiderte Stacey.

„Wohin wollten Sie gerade gehen?“ wiederholte die Schwarze Witwe.

„Warum wollen Sie das wissen?“ lautete die Gegenfrage.

„Weil ich mitkommen werde“, hörte die Schwarze Witwe sich sagen und hielt sich erschrocken die Hand vor den Mund. „Ich meine, gefällt es Ihnen auf Kreta?“

„Was?“ Stacey lachte leicht irritiert. „Ihr Europäer seid seltsam. Ihr stellt so komische Fragen.“

„Wer – ich?“ fragte die Schwarze Witwe zurück und weitete die Nasenflügel, als wollte sie ihr Gegenüber erschnuppern.

„Wollen Sie ein Autogramm?“ erkundigte sich Stacey.

„Seh ich so aus?“ wies die Schwarze Witwe das Angebot zurück. „Und überhaupt – wer sind Sie, daß Sie Autogramme verteilen wollen.“

„Sie kennen mich nicht?“ fragte Stacey überrascht.

„Nein“, sagte die Schwarze und holte tief Luft. Dann hörte sie sich sagen: „Aber das läßt sich ja ändern. Kommen Sie doch an unseren Tisch und trinken Sie einen griechischen Kaffee mit uns.“

„Danke für das Angebot", erwiderte Stacey. „Aber ich muß gehen."

„Schade", sagte die Schwarze und stand noch immer im Weg.

„Ja." Stacey erwiderte lächelnd den tiefen Blick der Schwarzen Witwe. Das hätte sie besser nicht getan. Oder zumindest wäre es besser gewesen, wenn sie wirklich nicht gewollt hätte. Aber in der Tiefe ihres Herzens war an diesem Morgen etwas durch den Anblick einer roten Rose vor ihren Füßen berührt worden. Etwas, von dem sie geglaubt hatte, daß es in Zukunft für sie ohne Bedeutung sein würde. Und weil dies so war, hielt sie dem Blick der Schwarzen Witwe stand.

Sie sank in die dunklen Augen, die sie anblickten, und hatte für einen kleinen Augenblick das Gefühl, als umhüllte sie ein Hauch von Zärtlichkeit, als zöge ein Wind sie aufs Meer hinaus.

„Tanzen Sie Tango?" fragte die Schwarze und hielt Stacey weiter mit ihren Augen fest.

„Nein", sagte Stacey.

„Ich auch nicht", sagte die Schwarze Witwe. „Ist auch besser so. Sie sind viel zu groß für mich."

„Bitte?" sagte Stacey.

„Ich meine zum Tanzen."

„Tanzen?" sagte Stacey. „Sind Sie vielleicht verrückt?"

„Im Augenblick ja", gab die Schwarze Witwe zu.

„Laß unsere Gäste in Ruhe", brüllte Schulz von seinem Tisch aus. „Diese Frau wartet darauf, daß sie vorbeikann, siehst du das denn nicht?"

„Verzeihung", murmelte die Schwarze Witwe und trat zur Seite. Sie warf Manolis einen wütenden Blick zu und verschwand im Hotel. Stacey sah ihr nach. Es war ihr anzumerken, daß sie diese Begegnung nicht einordnen konnte. Sie schüttelte lächelnd den Kopf und ging um die Ecke, um ihre Eselin zu holen, die sie dort festgebunden hatte.

„Es gibt Augenblicke, da wünsche ich mir, daß du tot umfallen mögest“, sagte die Schwarze Witwe, die an den Tisch zurückgekehrt war, als sie sich wieder setzte. Ärgerlich starrte sie ihren alten Freund an. „Ich weiß nicht, wie Maria es mit dir aushält.“

„Frag mich lieber, wie ich es mit Maria aushalte.“

„Warum mischt du dich einfach in meine Gespräche mit anderen Leuten?“

„Laß sie in Ruhe“, brummte Manolis in seinen Bart. „Sie hat Sorgen. Sie ist hier, um ihre Sorgen zu vergessen. Eine berühmte Frau. Die haben alle Sorgen, diese berühmten Leute.“

„Davon habe ich gehört“, bestätigte die Schwarze Witwe und zerriß gedankenverloren das dritte Papiersäckchen mit Zucker. „Ich kann sorgenvollen Frauen bestens die Sorgen vertreiben helfen“, behauptete sie dann großspurig. Frieda nickte.

„Hi“, sagte Stacey hinter ihr.

Die Schwarze Witwe sprang vom Stuhl auf, als hätte sie Sprungfedern unter den Füßen, und drehte sich um.

Vor ihr stand die große herbschöne Frau und lächelte. „Ich habe es mir überlegt. Ich nehme die Einladung an.“

„Einladung?“ sagte die Schwarze Witwe. „Welche Einladung?“ und versuchte ihre zitternden Hände in den Hosentaschen zu verstecken.

„Willst du der Dame nicht einen Stuhl anbieten?“ dröhnte Manolis.

„Willst du nicht tot umfallen?“ konterte die Schwarze. „Ich bin alt genug, um mich um meine Angelegenheiten selbst kümmern zu können.“

„Das stimmt nicht", sagte Frieda.

„Fall mir nicht auch noch in den Rücken", murrte die Schwarze. Dann drehte sich sie wieder zu der hochgewachsenen Kanadierin, die noch immer darauf wartete, am Tisch Platz nehmen zu dürfen. „Bitte setzen Sie sich doch", sagte sie.

„Danke." Stacey setzte sich.

Dann saßen alle vier eine Weile steif und stumm auf ihren Stühlen. Der Wind nahm zu. Rauh rollten die Kiesel mit stärker werdendem Wellengang.

„Waren Sie heute schon schwimmen?" begann Manolis die übliche kretische Höflichkeitskonversation.

„Manoli", sagte die Schwarze.

„Was?" fragte Manolis.

„Willst du nicht mal nach Elias Witwe schauen? Ich meine, Frieda will ihr Boot haben. Es gibt viel zu tun für dich."

„Was? Jetzt?" fragte Manolis.

„Ja", sagte die Schwarze. „Jetzt. Eigentlich sofort."

„Nein, jetzt nicht", sagte Manolis. „Es ist viel zu früh. Vielleicht schläft sie noch. So eine Sache muß man ruhig angehen und mit viel Zeit."

„Jetzt!" Die Schwarze Witwe durchbohrte ihn mit Blicken. „Wir sind Fremde. Du weißt doch, Fremde haben nicht viel Zeit."

„Seit wann bist du eine Fremde?" widersprach Manolis.

„Ich bin eine Fremde", beharrte die Schwarze und überlegte, auf welche Weise es ihr gelänge, ihn vom Tisch zu vertreiben. „Verschwinde", sagte sie dann, sich für die direkte und unmißverständliche Variante entscheidend.

„Oh", sagte Manolis. „Ich verstehe. Ja, du hast recht. Ich habe dringende Termine. Vielleicht ist Elias Witwe schon aufgestanden."

Er erhob sich – viel zu umständlich, wie die Schwarze Witwe fand. Und dann ging er im bedächtig schaukelnden kretischen Gang. Die drei Frauen sahen ihm schweigend nach, bis er um die Ecke verschwand. Die Stille am Tisch wurde danach so dicht wie griechischer Reispudding.

Die Schwarze Witwe überlegte fieberhaft, womit sie das Gespräch beginnen könnte. Verzweifelt suchte sie nach einem Ansatz, der lässig und locker genug war.

Hilfesuchend blickte sie sich nach Frieda um, aber Friedas Stuhl war leer. Die alte Frau war aufgestanden und gegangen, ohne daß die Schwarze oder Stacey es bemerkt hätten.

Befangen sahen beide Frauen sich an. Die Schwarze zerriß das vierte Papiersäckchen mit Zucker.

„Ich habe nicht die Absicht, eine Affäre mit Ihnen zu beginnen", erklärte Stacey der verblüfften Schwarzen Witwe. „Ich meine, ich will nicht, daß Sie meine Anwesenheit falsch verstehen. Ihre freundliche Einladung hat mir gefallen. Ich meine, ich dachte erst, Sie sind ein Fan. Als ich gemerkt habe, daß Sie mich gar nicht kennen, habe ich gedacht, es wäre doch nett, Ihrer Einladung zu folgen. Wann habe ich schon mal die Gelegenheit mit Einheimischen, ich meine Sie sind doch Einheimische oder zumindest gehören Sie irgendwie dazu." Sie holte tief Luft. „Ich brauche Ruhe. Ich verbringe hier ein paar Monate, weil mir ein Freund sein Haus zur Verfügung gestellt hat. Ich mußte mich dringend für eine Weile aus meinem Leben zurückziehen. Es ging nicht mehr weiter so."

„Warum?" erkundigte sich die Schwarze Witwe, heilfroh, sich auf einem Terrain bewegen zu können, das etwas sicherer schien.

„Ich habe diese Karriere so sehr gewollt wie nichts in meinem Leben. Dann habe ich Pat so sehr gewollt wie nichts in meinem Leben. Sie ist so smart, wissen Sie. Eine echte New Yorkerin. Sie hat sich nicht beeindrucken lassen von meinem Ruhm. Die Beziehung zu ihr war wie nach Hause kommen."

„Und Ihre Karriere blieb auf der Strecke?" faßte die Schwarze nach.

„Woher wissen Sie das?" erkundigte sich Stacey verblüfft.

„Und nun ist die Karriere in einer Sackgasse und Ihre Liebe zu Pat abgekühlt. Richtig?"

„Richtig", bestätigte Stacey.

„Was war denn das für eine Karriere?"

„Ich bin Stacey Kline", sagte Stacey Kline.

Die Schwarze Witwe starrte sie ungläubig an. „*Die* Stacey Kline?" fragte sie. „Ich meine, die Sängerin? Das Idol aller Lesben? Der Schwarm aller Frauen?"

„Yes, ma'am", sagte Stacey breit grinsend.

„Ich glaube, Nina hatte alle Ihre Alben", sagte die Schwarze, und es klang, als stellte sie fest, daß sie gemeinsame Verwandte besäßen.

Stacey grinste.

„Ich habe Sie mir ganz anders vorgestellt", sagte die Schwarze.

„Kann ich mir vorstellen", erwiderte Stacey. Sie griff behutsam in die Tasche ihres Sakkos und brachte eine rote, leicht zusammengedrückte Rose zum Vorschein. „Schauen Sie, die habe ich heute gefunden, das heißt, ich glaube, ich habe sie geschenkt bekommen."

Die Schwarze Witwe durchlief in Sekunden alle Schattierungen von kreidebleich bis krebsrot. Menschen, die sie gut kannten, hätten möglicherweise gesagt, sie rang nach Luft. Aber das hätte die Schwarze selber natürlich nie zugegeben. „Finden Sie so etwas kitschig?“ fragte sie.

„Kitschig? Nein, ganz und gar nicht.“

„Das ist gut“, sagte die Schwarze.

„Wieso?“ wollte Stacey wissen.

„Weil ich sie Ihnen vor die Füße geworfen habe“, hauchte die Schwarze Witwe beinahe unhörbar.

„Sie also“, nickte Stacey und hob die Rose an ihre Nase, ohne den Blick der Schwarzen Witwe loszulassen.

Das war der Augenblick, in dem sich die Schwarze Witwe unheilbar in die Ikone der internationalen Lesbenbewegung verliebte.

Sie brauchten drei Tage, um einander ihr Leben zu erzählen. Sie brauchten zehn Tage, um das Bett für länger als eine kurze Mahlzeit und die Fütterung von Staceys Hunden und der Eselin zu verlassen.

In dieser Zeit, in der beide Frauen in einer Welle von Entzücken und Lust aus der Alltagswelt verschwanden, hatte Manolis mit Elias Witwe verhandelt und das Boot zu einem guten Preis erstanden. Frieda hatte gelernt, den alten Außenbordmotor anzuwerfen und das kleine Boot zu steuern. Maria hatte sich dreimal mit ihrem Mann gestritten. Georgis Mutter hatte die erste Chorta des Jahres gemacht, eine Speise aus jungem Löwenzahn, und die ersten wilden Artischocken blühten.

Die kleine dunkle Frau und die herbschöne große Frau saßen am zehnten Tag ihrer Begegnung dicht beieinander auf Georgis Steinbank am Haus, vor sich ein Glas kretischen Hauswein und trunken vor Liebe, als Frieda mit ihrem kleinen blauen Boot in den winzigen Hafen tuckerte.

Das Meer war spiegelglatt in der rotgoldenen Abendsonne. Es war nahezu windstill. Es war ein heißer kretischer Frühlingstag gewesen, den die beiden im kleinen klapprigen Haus auf der Klippe verschwitzt zwischen zerdrückten Laken verbracht hatten. „Morgen fahren wir mit Frieda über das Meer“, sagte die Schwarze Witwe, und Stacey küßte sie auf den Nacken.

4

Das Boot war randvoll gepackt mit drei Frauen, Picknickkorb und Tauch- und Badeutensilien. Dazu Decken, Kleidung zum Wechseln und eine Gitarre, was zur Folge hatte, daß das Boot ein wenig tief im Wasser lag. Aber Frieda steuerte die blaue Nußschale so sicher, als hätte sie ihr ganzes Leben nichts anderes gemacht als über Wasser zu fahren. Ihr faltiges Habichtsgesicht bekam dadurch einen Zug von Stolz und Verwegenheit.

Stacey und die Schwarze Witwe hielten sich an den Händen wie zwei Teenager und schwiegen, noch immer satt und leicht ermattet von ihrer immer wieder erfüllten Lust der letzten Tage.

Nachdem Frieda drei Stunden ostwärts die Küste entlanggetuckert war und die Sonne inzwischen unbarmherzig heiß brannte, deutete die Schwarze auf eine kleine Bucht mit dem obligatorischen Kieselstrand und bedeutete ihr, dorthin zu steuern.

„Das ist Aphrodites Pool“, erklärte die Schwarze. „Ich nenne diese Bucht so, weil sie durch vorgelagerte Felsen ruhig wie ein Swimmingpool ist.“

Dichte Olivenhaine umgaben die stille Bucht, dazwischen würzig duftende Macchia, gesäumt von niedrigen

Steinmäuerchen, die die einzelnen Grundstücke voneinander trennten.

Frieda steuerte vorsichtig um die im Wasser liegenden Felsen in die Bucht und sprang wie ein junges Mädchen ins Wasser, um das Boot auf den Kieselstrand zu ziehen. Stacey sprang hinterher und schob, bis das Boot auf dem Trockenen lag. Die Frauen luden aus, und die Schwarze Witwe begann, das Essen auszupacken. Sie aßen gebratene Paprika, Zitronenkartoffeln, Weißkraut-Dolmades und Tomaten- und Gurkensalat und tranken von Georgis Hauswein, bis sie zufrieden und müde im Schatten auf ihren Wolldecken einschliefen.

Die Schwarze Witwe erwachte zwei Stunden später, weil sie spürte, daß Stacey nicht mehr an ihrer Seite lag. Leicht benommen setzte sie sich auf und schaute sich um. Frieda ankerte mit ihrem Boot in der kleinen Bucht und versuchte Kalamares zu fangen.

„Laß Stacey das nicht sehen. Sie ist absolute Vegetarierin", rief die Schwarze ihr zu.

„Sagst du nicht immer, daß Hitler auch Vegetarier war?" rief Frieda zurück.

„Auch wieder wahr", rief die Schwarze Witwe. „Ich geh mal nachsehen, wohin sie gegangen ist."

Sie zog ihre Turnschuhe an und begann den steilen Hang hinaufzusteigen. Sofort hatte sie ein tiefes Empfinden, daß sie jede Zivilisation verließ, sobald sie kretische Wildnis betrat. Sie kannte dieses Gefühl seit ihrer Kindheit. Es bedeutete, daß das Unerwartete und Unvorhergesehene zum Leben gehörte, jedoch kein Grund zur Verunsicherung war. Aber es blieb eine Empfindung von gesträubten Nackenhaaren, ein Vibrieren aller Nervenenden. Von Zeit zu Zeit blieb sie stehen, um Luft zu schöpfen und sich umzublicken.

Von Stacey war nichts zu sehen. Die Olivenbäume standen auf berauschend bunten Blütenteppichen, und die Schwarze Witwe versuchte sich im Spurenlesen, indem sie nach niedergetretenen Blumen suchte. Frieda und ihr Boot waren winzigklein weit unten in der Bucht zu sehen. Die Schwarze blickte hinunter, als unvorstellbare Hitze ihr aus der Macchia entgegenschlug. Sie rang nach Atem und begann zu husten. Nun hörte sie es ohrenbetäubend krachen und knallen, und schwarzer Rauch stieg zum Himmel auf.

Grundgütige Mutter, dachte sie. *Feuer,* dachte sie. Sie begann nach unten zu rennen. Dann hielt sie plötzlich inne. *Stacey,* dachte sie verzweifelt. *Wo ist Stacey? Allmächtige Mutter, hilf mir, sie zu finden. Wenn ihr etwas passiert ist. Stacey ist im Feuer. Ich kann es nicht überleben, noch einmal eine Liebe auf so schreckliche Weise zu verlieren.* Eine Welle von Todesangst überflutete sie. Sie rannte den Hang wieder hinauf und prallte vor der glühenden Hitze des Feuers zurück. Keuchend und hustend ließ sie sich den Hang hinunterrollen und blieb für einige Augenblicke liegen. Sie schrie nach Frieda, aber sie konnte nicht erkennen, ob ihre Beschützerin das Feuer bereits wahrgenommen hatte. Mit letzter Kraft stand sie auf, um noch einmal loszulaufen und ihre Geliebte zu suchen. Plötzlich erhielt einen Schlag in den Rücken.

„Lauf!" schrie Stacey und rannte mit ihren langen Beinen weit ausholend den Hang hinunter. Sie schien in ihrem Sweatshirt etwas Schweres zu tragen. „Lauf!" brüllte sie noch einmal. „Der ganze Olivenhain brennt. Lauf!"

Die Schwarze Witwe begann den Berg hinunterzurennen. Immer wieder stürzte sie. Aber die Angst, daß das Feuer sie erreichen könnte, ließ sie keinen Schmerz empfinden. Schmutzig und aus zahlreichen Schürfwunden blutend erreichte sie die Bucht. Frieda hatte alles zusammengepackt und schob das Boot ins Wasser.

„Ich wußte, daß du es schaffst“, begrüßte sie ihren Schützling und drückte ihre Schulter.

„Helft mir“, rief Stacey. „Helft mir ins Boot. Ich habe keine Hand frei.“

„Was hast du da in deinem Sweatshirt?“ fragte die Schwarze keuchend. Stacey öffnete das zu einem Beutel geraffte Vorderteil und ließ sie einen Blick hineinwerfen. Drei kleine gelblichrosafarbene, struppige Fellbündel lagen eng aneinandergedrückt und blickten aus ängstlichen schwarzen Knopfaugen in die über sie gebeugten Menschengesichter.

„Ich habe sie oben gefunden“, berichtete Stacey.

„Was sind das – Pudel?“ fragte die Schwarze Witwe verdutzt.

„Ich glaube schon“, sagte Stacey, noch immer völlig atemlos. Frieda startete den Dieselmotor und steuerte sie aus der Bucht hinaus auf das offene Meer.

„Du liebe Güte“, sagte die Schwarze Witwe. „Pudel in einem kretischen Olivenhain.“

„Sie lagen da in einer Mulde am Rand der Macchia“, sagte Stacey. „Es sah nicht nach dem Lager einer wilden Hündin aus. Ich glaube eher, daß sie ausgesetzt wurden.“

„Und was machen wir mit ihnen?“ fragte die Schwarze.

„Hätte ich sie liegen lassen sollen?“ lautete Staceys Gegenfrage.

„Natürlich nicht“, gab die Schwarze zu und schaute zurück auf den brennenden Olivenhain. „Wir müssen so schnell wie möglich ins Dorf und Feueralarm geben“, drängte sie. „Frieda, kannst du nicht schneller fahren?“

„Ich fahre schon so schnell ich kann“, sagte Frieda. „Bleib ruhig und sei geduldig.“

Die Schwarze seufzte. Tränen rannen ihr über das schmutzige Gesicht.

„Sind die niedlich", sagte sie und kraulte die Hundebabys, die sicher in Staceys Bauchbeutel lagen. „Wir versuchen sie bei Leuten im Dorf unterzubringen. Maria und Manolis könnten gut einen Hund gebrauchen, finde ich."

„Findest du. Ob die beiden das auch so sehen, ist noch die Frage", erwiderte Stacey und wischte ihrer Geliebten ein wenig Dreck aus dem Gesicht. „Ich stelle mir gerade Manolis mit Pudel vor." Sie lachte.

Als sie im Hafen ankamen, waren alle schon über den Brand informiert. Die Dorfbewohner blieben jedoch ziemlich gelassen, fand die Witwe. Das Leben schien ganz normal weiterzugehen, als kämen nicht wenige Kilometer entfernt tausendjährige Olivenbaumkulturen in den Flammen um. Manolis zuckte auf ihre Vorhaltungen nur die Schultern und murmelte etwas von Schicksal. Die drei Hundebabys blieben in Staceys Obhut, aber Maria und Manolis hatten nach den ersten Andeutungen der Schwarzen Witwe keine Chance, auf die Dauer pudellos zu bleiben, soviel stand fest.

Feuerwehren seien im Einsatz, berichtete das Radio, und von Zeit zu Zeit sahen sie ein Löschflugzeug auf dem Meer vor der Bucht landen, um Wasser für einen neuen Einsatz zu tanken.

Am nächsten Morgen beschlossen Frieda und die Schwarze Witwe, ihren ganz normalen Alltag wieder aufzunehmen. Für Frieda hieß das, daß sie sich mit Maria zum Fischen verabredet hatte, denn Maria war nach ihrer Heirat mit dem roten Kreter griechische Staatsbürgerin geworden und hatte deshalb eine Erlaubnis zum Fischen.

Die Schwarze Witwe wollte zu Fuß den langen Weg zu Papakonstantinos Haus gehen, um nach ihrer neuen

Liebe und deren Tieren zu sehen. Die Verdrängung des Feuers aus ihrem Bewußtsein hätte bestens funktioniert, wenn nicht gerade in dem Augenblick, in dem Maria Friedas Boot bestiegen und Frieda den alten Dieselmotor gestartet hatte, Stavros weiter draußen im Wasser etwas Dunkles schwimmen gesehen hätte. Manolis holte sein Fernglas, das er noch aus den Tagen beim Militär hatte. Aber er konnte nichts erkennen.

„Es ist etwas Längliches, Schwarzes", sagte er.

Bis das Längliche, Schwarze in die Bucht getrieben war, hatte sich bereits das halbe Dorf am Wasser versammelt. Frieda hatte ihren Dieselmotor wieder ausgemacht und saß mit Maria abwartend in ihrem Boot.

„Eine Leiche", schrie Fotini, obwohl sie es noch gar nicht erkennen konnte. Es war jedoch in der Tat eine Leiche, und sie war so verkohlt, daß nicht zu erkennen war, ob es sich um eine Frau oder einen Mann handelte.

Nun kam Bewegung ins Dorf. Die Polizei wurde geholt. Die Feuerwehr kam. Der Notarzt eilte herbei.

Drei beherzte Männer hatten das tote Lebewesen aus dem Wasser geholt und auf den Kieselstrand gelegt. Fotini holte ein Bettlaken und breitete es über die sterblichen Überreste, teils um der Pietät willen, teils weil der Anblick so grauenvoll war, daß niemand ihn ertrug.

Die Polizei machte ein Riesentheater, weil sie es gewagt hatten, die Leiche anzurühren. Stavros brüllte zurück, daß die Leiche weitergetrieben wäre, wenn sie es nicht getan hätten.

Maria sagte zu Frieda: „Komm, wir sind hier nur im Weg. Laß uns hinausfahren. Jetzt kannst du in aller Ruhe fischen, die Polizei und alle anderen sind hier beschäftigt, da werden sie kein Interesse an einer alten Schwarzfischerin haben."

Frieda startete den alten Dieselmotor, und die beiden Frauen tuckerten unbemerkt von der aufgeregten Menge im kleinen blauen Boot aufs Meer hinaus.

Maria zeigte Frieda, wie die Netze ausgeworfen werden. Ihr Fang war wirklich bemerkenswert. Rotbarben und Goldbrassen. Sogar eine Muräne für Marias Katzen war dabei.

Bei ihrer Rückkehr fanden sie außer Manolis niemanden mehr an der Mole vor. Manolis war allerdings so präsent, daß Maria sich bemüßigt fühlte, ihn mit Poseidon zu vergleichen.

„Ich weiß nicht, ob Poseidon die Hose unter dem Bauch gekniffen hätte, aber schau ihn dir an, Frieda", sagte sie. „Bißchen dick um den Bauch, aber wie ein zorniger Meergott steht er da."

So verhielt er sich auch. „Diese Frau!!" brüllte er. „Was ist das nur für eine Frau! Was fällt dir ein! Eine Leiche schwimmt im Wasser, und diese Frau hat nichts Besseres zu tun, als in aller Ruhe fischen zu gehen!" Er raste die Bucht entlang von einer Taverne zur anderen und wieder zurück. „Hast du etwas gefangen?" brüllte er. „Du kannst alles gleich wieder ins Wasser werfen! Diese Fische esse ich nicht! Eine Leiche schwimmt im Wasser! Sie hat die Fische vergiftet! Diese Fische sind schmutzig! Wirf sie sofort wieder ins Wasser! Aaah!" tobte er.

„Diese Kreter", sagte Maria ungerührt. „Sind alle immer so theatralisch. Alles gleich eine Tragödie."

Frieda betrachtete schweigend und stolz ihren Fang. „Sollen wir die Fische wirklich wieder ins Wasser werfen?" fragte sie zweifelnd.

„Blödsinn", sagte Maria.

„Warum habe ich keine Kreterin geheiratet?" brüllte Manolis.

„Weil dich keine genommen hätte“, brüllte Maria zurück.

„Wenn du eine Deutsche geheiratet hast, hast du einen Dobermann im Haus“, brüllte Manolis.

„Mei Nerwe“, sagte Maria. Sie nahm ihren Anteil am Fang und packte die Muräne gleich noch dazu. Dann schulterte sie den Korb und ging nach Hause, um das Essen zu bereiten.

Die Leiche war weiblichen Geschlechts, wie ein paar Tage später von der Gerichtsmedizin in Athen festgestellt wurde. Die Frau hieß Teresa Stratos und stammte aus Athen. Sie war Besitzerin des Tals, das während der Tage bis zur Feststellung ihrer Identität vollständig abgebrannt war.

Teresa Stratos hatte es vor einigen Jahren gekauft, als der Vorbesitzer damit kokettiert hatte, es einem großen deutschen Touristik-Unternehmen verkaufen zu wollen. Sie lebte allein in einem Haus inmitten der Olivenhaine. Sie hatte es sich zur Aufgabe gemacht, das Tal in seiner ursprünglichen Schönheit zu erhalten. Nun war sie tot. Umgekommen in den Flammen. Und das Tal bot das Bild grauenvoller Verwüstung.

5

„Es leuchtet mir ein, daß eine Frau, die in einem Haus lebt, das in einem Tal steht, in dem ein Feuer ausbricht, durch das Feuer zu Tode kommt. Aber es leuchtet mir nicht ein, daß die Leiche dieser Frau ins Meer gelangt“, erklärte die Schwarze Witwe.

Stacey summte eine kleine Melodie und schien anderes im Kopf zu haben. Sie liebte die Schwarze Witwe dafür, daß sie sie niemals gebeten hatte zu singen. Nicht daß Stacey es nicht liebte zu singen. Sie sang, wie andere atmeten. Aber sie hätte das Gefühl gehabt, benutzt oder, schlimmer noch, vorgeführt zu werden, wenn die Schwarze sie gebeten hätte zu singen.

Sie dachte immer, so müßten sich reiche Frauen fühlen, die sich nie sicher sein können, ob sie als Person geliebt werden oder nur ihres Geldes wegen. Von der Schwarzen Witwe jedoch ging eine solch fraglose Akzeptanz ihrer Person aus, daß sie Vertrauen faßte wie nie zuvor in ihrem Leben.

So summte sie also eine kleine Melodie und versenkte ihr Gesicht im Dekolleté der Schwarzen Witwe.

Die Schwarze Witwe schloß genießerisch die Augen und lehnte sich zurück. Stacey verschwand noch tiefer im Dekolleté ihrer Geliebten.

„Es stinkt", sagte die Schwarze Witwe. Stacey fuhr erschrocken auf. Die Schwarze küßte sie sanft auf den Mund. „Etwas an dem Tod dieser bedauernswerten Frau stinkt", erläuterte sie. „Die Frau ist ermordet worden, wenn du mich fragst."

„Ach so", sagte Stacey und nahm ihre Entdeckungsreise wieder auf.

Da wußte die Schwarze Witwe, daß sie sich entscheiden mußte. „Liebe und Tod sind nicht vereinbar", murmelte sie.

„Ich bin für Liebe", murmelte Stacey zurück. Und darin waren die beiden sich einig.

„Komm, Wunderbare, wir müssen gehen", mahnte die Witwe zwei Stunden später. „Georgi hat Friedas Fang auf der Speisekarte. Und für dich gibt es frische Chorta."

Georgi hatte mehrere Tische zusammengestellt, und nach und nach kamen alle. Zuerst Maria und Manolis. Dann Frieda. Stavros hatte seinen Sohn mitgebracht. Fotini hatte die Küche ihrer Taverne an diesem Abend ihrer Mutter überlassen. Einige alte Fischer näherten sich ebenfalls, stolz und verlegen zugleich.

„Die habe ich eingeladen", erklärte Frieda der Schwarzen Witwe und bedeutete den Männern, Platz zu nehmen. Die Konversation wurde in einer skurrilen Mischung aus Griechisch, Englisch und Deutsch geführt, den Gesetzen der Höflichkeit folgend ein wenig steif und überfreundlich.

Nachdem Georgi den Tisch mit den Vorspeisen vollgestellt hatte, wurde es gemütlich laut, eigentlich richtig familiär. Alle aßen von allen Tellern. Stacey ausgenommen. Aber es gab ausreichend Vegetarisches, so daß sie an dem Ritual, einander die besten Leckerbissen zukommen zu lassen, teilnehmen konnte. Immer wieder suchte jemand mit der Gabel etwas besonders Gutes heraus, pickte es auf und reichte es einer anderen Person am Tisch, die es essen sollte. So wurde der alte kretische Brauch zelebriert.

Die Schwarze Witwe beobachtete, wie Frieda strahlend mitten zwischen ihren neuen Freunden saß.

„Wie verständigst du dich denn mit ihnen?" erkundigte sie sich.

Frieda hob die Schultern. „Gar nicht. Meist reden sie nicht. Genau wie ich. Und wenn etwas wichtig wird, machen wir Zeichen."

„Zeichen", wiederholte die Schwarze und schüttelte erstaunt den Kopf. „Ich kenne dich nicht wieder, Frieda", sagte sie. „Du hattest doch immer Angst vor Menschen. Was ist denn auf einmal mit dir passiert?"

„Ich habe keine Angst vor Menschen", korrigierte Frieda sie. „Ich muß nur viel allein sein. Ich ertrage die Nähe anderer nicht lange." Sie lächelte. „Auf dem Meer bin ich ganz allein, so wie ich es brauche."

Die Schwarze ergriff Friedas Hand und drückte sie.

„Prost, ihr fetten Schnecken", rief Maria und hob ihr Glas. „Ich trinke darauf, daß euch stets ein heißes Herz gehört."

„Mei Nerwe", sagte Schulz, wenn auch mit stark kretischem Akzent.

An diesem Abend sang Stacey. Die Gäste in allen drei Tavernen hörten auf zu essen und wandten sich ihr zu. Wenn auch die meisten von ihnen nicht ahnten, wer da unter ihnen war und sie in den Genuß brachte, eine der großartigsten Stimmen der Popmusik der letzten vierzig Jahre zu hören, so war doch allen bewußt, einem ganz besonderen Ereignis beizuwohnen.

Stacey stand bei ihrer neuen Geliebten, doch weil sie sang, war sie ganz allein auf der Welt. Sie sang von dem langen Weg in die einsame Höhe des Ruhms, von Pat und ihrem Schmerz um das Ende dieser Liebe, von einer Rose vor ihren Füßen und der großen Sehnsucht nach der Sehnsucht. Als sie endete, wollte der Applaus nicht aufhören. Leicht außer Atem und so glücklich, wie eine nur in einem solchen Augenblick sein kann, sah Stacey sich nach einem Schluck Wasser um. Die Schwarze Witwe bedeutete ihr, sie werde sich darum kümmern, und ging in die Taverne.

Drinnen war niemand zu sehen. So half die Schwarze sich selbst und nahm eine Karaffe, um sie hinter der Theke zu füllen.

„Schau, daß du die Baugenehmigung bald beibringst, Burli", sagte eine männliche Stimme im besten Wienerisch auf der Herrentoilette. Eine andere Stimme antwortete Unverständliches.

Die Schwarze lauschte überrascht. Der ihr vertraute weiche Wiener Dialekt kam hier eher selten vor. Neugierig geworden, schwankte sie zwischen ihrem Interesse, weiterzulauschen, und Staceys Durst. Sie entschied sich für den Durst und eilte mit der Karaffe hinaus.

Dankbar nahm Stacey das Wasser entgegen, das ihr die Schwarze Witwe reichte. Die Schwarze sah sie an, in ihrem Blick war ein wenig Liebe und ein wenig Trauer.

Sie spürte, daß die Zeit mit Stacey begrenzt war. Auf einer tiefen Ebene ihres Seins wußte sie, daß es sich um eine Begegnung handelte und nicht um die eine, einzige Liebe. Sie wußte, daß es für sie niemals mehr die eine einzige Liebe geben durfte.

Herzen brechen nicht unbegrenzt, dachte sie. *Unsinn,* dachte sie dann. *Das ist nur deine Angst. Schau sie an. Ist sie nicht wunderbar? Dieser Mund. Dieser Blick. Die Wärme, die sie ausstrahlt. Diese umwerfende Mischung von verletzbarer Unsicherheit und souveräner Chuzpe. Eine starke, stolze Frau.*

„Aber ich glaube nicht mehr an die große und einzige Zweisamkeit", sagte sie laut. Stacey sah sie fragend an und lachte aus einer anderen, ihrer Wirklichkeit heraus. „Ich weiß ja nicht einmal, wie es bei dir zu Hause aussieht", setzte die Schwarze Witwe ihren etwas einseitigen Dialog fort, den sie im Grunde nicht mit Stacey, sondern mit der Sehnsucht nach Liebe in ihrem Inneren führte.

„Dann komm mit, und ich zeige es dir", erwiderte Stacey.

„Du schau lieber, daß du dein Comeback vorbereitest", gab die Schwarze Witwe zurück. „Millionen Frauen warten darauf."

„Das hat mit meinem Leben nichts mehr zu tun“, wies Stacey sie zurecht.

„Das hat es sehr wohl“, hielt die Schwarze dagegen. „Deine Sehnsucht nach Anerkennung und Erfolg hat dich in deiner Karriere so weit vorwärtsgetrieben, bis unzählige Frauen dich zu ihrer Königin erklärt haben. Das ist eine große Verantwortung, die du nun tragen mußt.“

„Und ich? Habe ich nicht auch ein Recht auf ein wenig Leben? Die Bühne ist nur ein Teil des Lebens. In Wahrheit ist nichts Besonderes an mir.“

„Das ist nicht wahr“, widersprach die Schwarze. „Das hast du dir am Ende eingeredet, weil deine Sehnsucht nach Liebe größer geworden war als deine Lust am Singen und am Erfolg.“

Stacey nickte zögernd und nachdenklich.

„Du hast mit Pat gelebt“, fuhr die Schwarze ungerührt fort. „Du hast den Traum der ewigen Zweisamkeit geträumt, bis du dich als Person beinahe völlig aufgelöst hast. Du hast dein Talent mißachtet und statt dessen deine Kraft dafür eingesetzt, Pats Karriere zu fördern, damit sie sich neben dir nicht so unwichtig und klein fühlen muß. Aber Pat ist nur ein mittelmäßiges Talent, auch wenn sie eine smarte New Yorkerin ist. All deine Kraft reicht nicht aus, um auch für Pat das Wunder entstehen zu lassen, das das Leben dir dank deines Einsatzes geschenkt hat.“

„Welches Wunder denn?“ wollte Stacey wissen.

„Das Wunder einer großen internationalen Karriere. Ruhm, Anerkennung und Erfolg“, sagte die Schwarze Witwe. „Begreif endlich, daß das Leben das nicht für alle vorgesehen hat. Darum hast du, der es geschenkt wurde, dafür zu zahlen, und der Preis ist nicht gering.“

„Und wäre?“ fragte Stacey.

„Einsamkeit", antwortete die Schwarze Witwe. „Du kannst vieles nicht mehr teilen. Du mußt es allein tragen."

Stacey schaute auf das Meer hinaus. In ihren Augen standen Tränen.

„Du kannst dich nicht einfach davonstehlen und plötzlich nur noch eine private Person sein. Dazu ist es zu spät", ermahnte die Schwarze sie. „In Wahrheit bist du geflüchtet, weil du zwar weißt, wie eine sich bis nach oben hin powert, aber nicht, wie eine sich da oben hält. Da hast du wohl geglaubt, daß du es wiederholen mußt. Diesmal für Pat."

„Komm mit mir und zeig mir, wie eine sich an der Spitze hält", bat Stacey.

„Ich weiß nicht, ob ich das will", erwiderte die Schwarze Witwe. „Ich glaube nicht, daß ich auf die Dauer dazu geeignet bin, mich den Zielen einer anderen zu widmen. Ich bin eine alte Wölfin, ein Alpha-Tier."

„Was ist ein Alpha-Tier?" erkundigte sich Stacey.

„The leader of the pack", erläuterte die Schwarze Witwe, und Stacey lachte.

„Siehst du, jetzt lachst du", sagte die Schwarze. „Du bist auch ein leader of the pack."

„Du bist älter als ich, ich könnte von dir lernen", sagte Stacey.

„Das ist vielleicht dein Wunsch", räumte die Schwarze ein. „Aber wenn ich wirklich beginnen würde, dich zu lehren, würde ich dich an deine Mutter erinnern, und du würdest nicht annehmen wollen, was ich zu geben habe. Nein, nein, das wäre das Ende unserer Liebe."

„Prost, ihr fetten Schnecken", rief Maria.

„Prost, du Schnecke." Die Schwarze lachte und wandte sich zu ihrer Freundin. „Wo ist Schulz?"

„Auf dem Klo", sagte Maria.

Die Schwarze Witwe stutzte. Dann schüttelte sie ihren leichten Anfall von Paranoia wieder ab. „Kennst du eigentlich die Geschichte, wie die Göttin Eva und Adam erschaffen hatte und die beiden kurz vor dem Start ins Paradies noch einmal zu sich rief?“ fragte sie Maria.

Maria schüttelte den Kopf. „Erzähl.“

„Also“, begann die Schwarze. „Die Göttin hatte die Schöpfung getan. Da rief sie die beiden noch einmal zu sich und sagte: ‚Ich habe da noch zwei Eigenschaften übrig, von denen ich mir nicht sicher bin, wie ich sie unter euch aufteilen soll. Da habe ich mir gedacht, ihr sollt es selber entscheiden.‘ ‚Laß hören‘, sagte Eva, die lässig am Baum der Erkenntnis lehnte. ‚Die erste Eigenschaft ist, im Stehen pinkeln zu können‘, sagte die Göttin. ‚Oh‘, rief Adam entzückt aus. ‚Das will ich haben. Wahnsinn! Super! Ja, ja, ja! Ich!‘ So gab die Göttin ihm diese Eigenschaft.“

„Und was war die andere?“ wollte Maria wissen.

„Genau das wollte Eva auch wissen“, erwiderte die Schwarze Witwe. „Sie sagte zur Göttin: ‚Und was ist die andere Eigenschaft?‘ Und die Göttin antwortete: ‚Multiple Orgasmen.‘“

„Mei Nerwe“, sagte der an den Tisch zurückgekehrte Schulz. Die Schwarze Witwe schaute ihn prüfend an. Er sah aus wie ein Mann, der mal eben pinkeln gegangen war. Sie dachte an die Stimme mit Austro-Akzent auf dem Herrenklo. „Sind zur Zeit Österreicher hier?“ fragte sie.

Schulz warf ihr einen kurzen, verunsicherten Blick zu. „Ja“, sagte er zögernd. „Soweit ich weiß, ist jemand von einem deutschen Touristik-Unternehmen da. Er ist Österreicher, glaube ich.“

„Aha“, sagte die Schwarze Witwe.

„Was heißt aha?“ fragte Maria. „Kennst du ihn?“

Die Schwarze Witwe war sich nicht sicher, aber sie hatte den Eindruck, als hätte Marias Stimme etwas Lauerndes bekommen, und das tat ihr beinahe körperlich weh. Die beiden waren ihre guten Freunde seit vielen Jahren. Sie waren sich immer wieder begegnet. Sie hatten viele Nächte über viele Dinge miteinander geredet. Sie hatten immer gewußt, daß sie in Zeiten der Not füreinander da sein würden. Nun aber beschlich sie eine kleine dunkle und ziemlich häßliche Befürchtung. Es war ihr klar, daß der Tod der Teresa Stratos kein Unfall gewesen sein konnte. Sie kannte die mediterrane Gewohnheit, dort, wo gar kein Bauland ausgewiesen war, Baugenehmigungen möglich zu machen, indem Olivenhaine niedergebrannt wurden. Und sie wußte, daß ihre beiden Freunde in Geldnöten steckten. Manolis wanderte zum Stammtisch, an dem Wassilis, der Installateur des Dorfs, Stephanos, der Baumeister, Petros, der Fischer, zusammen mit Panos saßen, von dem niemand im Dorf so genau wußte, wovon er eigentlich lebte. Bei ihnen saß Michalis, ein Cousin von Panos, der vor kurzem aus Deutschland zurückgekehrt war, wo er als Wirt pleite gegangen war.

Die Schwarze Witwe betrachtete grübelnd die Männerrunde, die den Eindruck machte, daß sie auf irgend etwas warteten.

„Was schaust du die Blüte der Männer des Dorfes so nachdenklich an?“ Stavros setzte sich neben sie und schenkte ihr aus einer kleinen Flasche ein. „Da“, sagte er. „Georgi wird es nicht so gern sehen. Aber trink mal von meinem Raki. Hausgemacht. Erste Qualität. Wenn du wieder fährst, werde ich dir ein paar Flaschen mitgeben.“

Die Schwarze Witwe nahm einen Schluck der glasklaren Flüssigkeit und schloß genießerisch die Augen. „Bestens“, lobte sie. „Ich frage mich gerade, was diese

Männer zu tun bereit wären, um an Geld zu kommen."

„Viel", erwiderte Stavros und überlegte, warum die Schwarze Witwe das wissen wollte. „Sie alle haben die Arbeit nicht erfunden. Aber sie wollen alle gut leben." Er trank noch einen Schluck Raki. „Naja, nicht alle", räumte er ein. „Der Fischer ist eher so etwas wie der letzte Hippie von Kreta. Er hat zwar das beste Boot von allen, mit Echolot und allen Schikanen. Aber er macht sich nichts aus Status und Ansehen. Doch die anderen hätten liebend gern das ganz große Geld auf dem Konto." Nachdenklich forschte er im Gesicht der Schwarzen, um herauszufinden, warum sie sich danach erkundigt hatte.

Sie berichtete Stavros, was sie aus dem Herrenklo mitgehört hatte. Er nickte düster. „Das ist einer von DTU, die suchen nach einem Gelände für einen Ferienclub."

„Was denkst du, mit wem er gesprochen hat?" wollte die Schwarze wissen.

Stavros hob die Schultern. „Könnte jeder gewesen sein. Sie wollen Land kaufen, aber sie können es nicht selbst tun, jedenfalls nicht offiziell. Sie brauchen einen Strohmann, weil nur Griechen Land haben dürfen, das als landwirtschaftliche Fläche ausgewiesen ist."

Die Schwarze sah zum Stammtisch. „Glaubst du, daß es einer von denen gewesen sein könnte?" fragte sie.

„Wer weiß", sagte Stavros.

„Und was denkst du über Schulz?" fragte sie weiter.

„Schulz? Was soll ich über ihn denken?" sagte Stavros. „Ich beneide ihn um seine Frau. Ich denke immer, wenn einer eine solche Frau geheiratet hat, kann ihm alles gelingen. Sie ist wunderbar."

„Und abgesehen davon?" beharrte die Schwarze.

„Manolis ist in Ordnung", sagte Stavros.

Die Schwarze Witwe seufzte.

6

Es war ein kühler und unfreundlicher Morgen. Ein eisiger Wind kam von Norden und rauhte das Meer auf, das an diesem Tag eine graue Farbe hatte. Die Wellen hatten beträchtliche Höhe und rasten zwischen der Bucht des Dorfs und der vorgelagerten Insel aus zwei Richtungen aufeinander los, um in der Mitte gegeneinander zu brechen und Berge von Gischt zu versprühen.

Die Schwarze Witwe verließ das Haus ihrer Geliebten und machte sich auf den halbstündigen Fußweg ins Dorf. Sie fror und dachte darüber nach, ob Frieda so leichtsinnig gewesen war, auch bei diesem Wetter aufs Meer zu fahren.

Sie fühlte sich einsam und unbehaust. Kreta im Sturm bot keinen Raum für Gefühle vom Paradies. Bei diesem Wetter zeigte sich die Insel von ihrer dunklen Seite. Zeigte, daß die leichte Heiterkeit der alten minoischen Frauenkultur in grauer Vorzeit lag und das Leben heute schwerer Überlebenskampf war, belastet von einer langen und schmerzvollen Geschichte voller Krieg und Armut. Heute mußte zwar niemand mehr wie noch vor zwei Jahrzehnten auswandern, um Geld zu verdienen. Aber wenn das bunte Bild von Sonne und blauem Meer verschwunden war, das der Insel den Tourismus gebracht hatte, war Kreta wieder pur und schwermütig, rauh und karg.

Die Schwarze Witwe schritt schneller aus, um warm zu werden. Als sie die ersten Häuser erreicht hatte, kam ihr ein Mann entgegen und grüßte sie mit wienerischem „Grüß Gott“. Die Schwarze blieb wie angewurzelt stehen.

„Sind Sie der Österreicher, der hier einen Ferienclub errichten will?“ fragte sie direkt und unverblümt.

Überrrascht blieb der blonde Mann stehen und nickte. „Ja“, sagte er. „Der bin ich. Warum fragen Sie?“

Die Schwarze Witwe sah ihn an und versuchte in seinen Gesichtzügen zu lesen. Vor sich sah sie einen Mann um die vierzig. Vielleicht ein wenig übergewichtig, weil nicht an körperliche Arbeit gewöhnt. Nicht unbedingt der Managertyp, dazu war er einen Hauch zu schlitzohrig. Sie fand ihn nicht unsympathisch, obwohl er um den Mund einen Zug von Arroganz hatte, der ihr gar nicht gefiel. Sie entschloß sich, ihn weiterhin mit ihrer Direktheit zu konfrontieren.

„Ich frage mich, ob Sie etwas mit dem Brand in Teresa Stratos Tal zu tun haben“, sagte sie.

Der Österreicher schnappte nach Luft. „Was fällt Ihnen ein?“ regte er sich auf. „Wie kommen Sie dazu, mir so etwas zu unterstellen. Die DTU ist ein seriöses Unternehmen der Tourismus-Branche. Glauben Sie vielleicht, daß ich ein Brandstifter bin?“ Sein Gesicht war mit Zornesröte überzogen.

„Möglich ist es“, sagte die Schwarze Witwe.

Er schnappte noch einmal nach Luft. „Wer sind Sie überhaupt, Sie unverschämte Person?“ schnauzte er.

Die Schwarze Witwe stellte sich vor und wies ihn darauf hin, daß sie in der Tat als unverschämt bekannt sei.

„Schauen Sie“, sagte sie dann. „Es gibt eine Menge Leute, die gar nicht glücklich darüber sind, daß Sie hier so einen Club aufziehen wollen.“

„Wenn der Club erst mal da ist, wird er den Leuten aus dem Dorf viele Arbeitsplätze bieten“, erwiderte er.

Sie schnaubte. „Das glauben Sie doch selbst nicht. Vielleicht die Putzkolonne. Ein paar Jobs für Kellner. Ein paar für Zimmermädchen. Und einmal in der Woche ein griechischer Abend, an dem die Eingeborenen ihre Tänze vorführen dürfen. Mehr wird dabei nicht herausschauen. Das Management kommt aus Deutschland. Die Animateure ebenfalls. Die Gewinne werden dorthin fließen. Sie werden erreichen, daß der Club keine Steuern zahlen muß. Die Gemeinde wird also durch die Finger schauen. Und wenn ihr zu den ganz Gewissenlosen gehört, dann werdet ihr einen englischen Rasen pflanzen, der täglich gegossen werden muß, bis der Grundwasserspiegel so weit gesunken ist, daß das Dorf selbst kein Wasser mehr hat."

Für einen Augenblick sah es aus, als wollte er sich auf sie stürzen und handgreiflich werden. Er hielt in der Bewegung jedoch inne und drehte sich um. Im Gehen rief er: „Sie werden sehen, wir bauen den Club. Da können Sie gar nichts mehr verhindern. Die ganze Gegend wird nicht mehr wiederzuerkennen sein."

Die Schwarze Witwe war so wütend, daß sie beinahe ihre Haltung verloren hätte. Am liebsten hätte sie hinter ihm hergekeift, ihn beschimpft und mit Steinen geworfen. Ein Gefühl grenzenloser Ohnmacht überfiel sie und ließ ihren Zorn zu schwerer Traurigkeit werden. Sie setzte sich unter einen Feigenbaum, Tränen rannen über ihr Gesicht. Haltlos schluchzend gab sie sich ihren Gefühlen hin, auf einmal brach alles aus ihr heraus, was sie in den letzten Wochen mit größter Kraftanstrengung unter Kontrolle gehalten hatte. Sie weinte um den Verlust ihrer Gefährtin Nina. Sie weinte um Teresa Stratos. Sie weinte, weil sie nicht wußte, ob ihre alten Freunde Maria und Manolis mit dem widerlichen Österreicher und seinem Ferienclub etwas zu tun hatten. Letztlich weinte sie darum, daß ihre Liebe zu Stacey eine ungewisse Zukunft hatte.

Eine geschlagene Stunde saß sie unter dem Feigenbaum, ungeachtet des kalten Windes und zahlloser Augenpaare hinter den kleinen Fenstern der umliegenden Häuser, die die seltsame Europäerin beobachteten, die sich nicht genierte, in aller Öffentlichkeit zu heulen. Schließlich holte sie aus ihrer Jackentasche ein großes Taschentuch und schneuzte sich kräftig die Nase.

„Warum weinst du?“ rief die alte Maria, die Mutter des Baumeisters, die mitten zwischen ihren Hühnern in ihrem Garten stand. „Er ist es nicht wert, glaub es mir. Kein Mann ist es wert, daß auch nur eine Träne um ihn vergossen wird.“

„Recht hast du, alte Maria“, lachte die Schwarze. Sie stand auf und klopfte sich den Staub aus der Hose.

„Komm herein“, sagte die alte Maria. „Trink einen Kaffee mit mir und hilf mir aufräumen. Ich mußte heute meinen Hahn schlachten. Er war schon alt. Das wird eine gute Suppe geben.“

„Daß du so etwas kannst“, sagte die Schwarze Witwe. „Ein Tier umbringen.“ Sie schüttelte sich. „Ich könnte das nicht.“

„Ach was“, sagte die alte Maria. „Schau ihn dir an. Er hatte Gicht in den Krallen und konnte kaum noch stehen. Außerdem wird dieses Ehepaar im Hotel Sophia jetzt auch besser schlafen können.“ Sie wies auf die Mauer, die ihren kleinen Garten begrenzte.

„Welches Ehepaar?“ fragte die Schwarze und wollte es eigentlich nicht wirklich wissen.

„Ach, da ist so ein junges Ehepaar mit einem kleinen Kind. Sie wohnen seit einer Woche im Hotel, und sie haben sich beschwert, daß mein Hahn so laut kräht.“

„Ich fasse es nicht“, sagte die Schwarze Witwe. „Die haben sich beschwert, daß ein Hahn kräht?“

„Ja ja“, bestätigte die alte Maria und rückte ihr Kopftuch zurecht. „Die sind komisch, die Fremden. Alles stört sie. Ich frage mich, warum sie nicht zu Hause bleiben, wenn es ihnen hier nicht gefällt.“

„Maria, es gefällt ihnen hier genauso wenig wie zu Hause. Das ganze Leben gefällt ihnen nicht. Sie glauben, das Leben besteht in der intergalaktischen Buchung eines achtzigjährigen Aufenthaltes mit Erlebnisgarantie und Schönwetterversicherung.“

„Was?“ kreischte die alte Maria.

„Ist auch egal“, meinte die Schwarze Witwe und füllte das Kaffeepulver in die kleine Kanne. Dann gab sie ein wenig Zucker hinzu und goß mit kaltem Wasser auf. Sie zündete den Gaskocher an und stellte die Kanne auf die Flamme. Mit einem kleinen Löffel umrührend, wartete sie darauf, daß der Sud zu kochen begann. Dann nahm sie das Kännchen von der Flamme und goß den Kaffee in zwei bereitgestellte Mokkatässchen.

Die beiden setzten sich, ihre Tasse in der Hand, auf die Bank vor dem Haus.

„Ganz schön kalt heute“, sagte die Schwarze Witwe.

„Ja ja“, sagte die alte Maria.

„Hattet ihr einen guten Winter?“ fragte die Schwarze.

„Ach, mein Kind“, sagte die alte Maria. „In meinem Alter sind die Winter unerträglich. Es ist kalt, wir haben keine Heizung. Das ist nichts für meine alten Knochen. Meine Tochter in Athen hat Zentralheizung. Aber Stephanos hat gesagt, wenn er den Auftrag kriegt, den Club zu bauen, dann können wir uns eine Zentralheizung leisten. Du kennst doch Stephanos, meinen Ältesten. Er ist ein guter Junge und hat noch immer keine Frau gefunden.

Wäre der nicht was für dich? Dann brauchst du um deinen Liebsten nicht mehr zu weinen. Er ist fleißig, er trinkt nicht. Was willst du mehr?"

„Ach, Maria", wehrte die Schwarze Witwe ab. „Ich will viel mehr! Dein Stephanos muß sich eine andere suchen. Ich bin nicht gut genug für ihn."

„Blödsinn", sagte die alte Maria. „Wenn du willst, komm heute abend zum Essen. Es gibt Hühnersuppe mit Ei und Zitrone. Die ißt du doch so gern. Dieser Österreicher, der den Club bauen will, wird auch da sein."

„Nein, nein", lehnte die Schwarze Witwe ab. „Ich habe heute keine Zeit. Vielleicht ein anderes Mal." Sie trank den Rest ihres Kaffees und stand auf. „Aber vielleicht kannst du mir den da geben." Sie zeigte auf den abgeschlagenen Kopf des Hahns, der am Boden lag.

„Nimm nur", sagte die alte Maria.

Die Schwarze Witwe ergriff den Hahnenkopf am Kamm und trug ihn vorsichtig vor sich her. Sie verließ den Garten der alten Maria und ging um die Ecke zur Vorderfront des Hotels Sophia. Auf der Terrasse saß ein Ehepaar mit einer kleinen Tochter und frühstückte. Die Schwarze Witwe ging schnurstracks zu ihnen an den Tisch, legte dem Mann den blutigen Kopf des toten Hahns auf den Teller und sagte: „Sind Sie nun zufrieden?"

Die Frau schrie auf, der Mann sah aus, als ob er gleich vom Stuhl fallen wollte. „Nein", schrie die Frau. „Das haben wir nicht gewollt. Der arme Hahn!"

„Nun kräht er nicht mehr, meine Gute", sagte die Schwarze Witwe. „Sie sehen, man ist hier stets um Ihr Wohlergehen bemüht. Wenn Sie Ruhe gebucht haben, gibt es Ruhe. Wenn Sie Vollmond gebucht haben, gibt es Vollmond. Sie haben ein Doppelzimmer ohne Hähnekrähen gebucht. Wir liefern prompt."

„Karl-Heinrich", rief die Frau. „Sie hat den Hahn ermordet."

„Richtig", sagte die Schwarze Witwe. „Das Leben ist grausam. Nicht nur zu Hähnen. Hier wird demnächst ein Ferienclub gebaut. Der ist garantiert krähfrei. Sehr zu empfehlen. Auch der Anblick von Eingeborenen wird dann Ihr empfindliches Auge nicht mehr beleidigen." Damit drehte sie sich um und ging eine Spur schneller als sonst zu ihrem Haus auf der Klippe.

Vielleicht war das ein wenig ungerecht, dachte sie. *Warum mische ich mich da überhaupt ein? Ich wohne hier nicht. Ich bin nur eine Touristin. Eine von vielen.* Sie schüttelte über sich den Kopf. *Kann schon sein, daß ich nur eine von vielen bin. Aber eine von denen, die nicht mehr hierher kommen werden, wenn die Ferienanlage erst mal existiert.* Sie stieg mit schweren Beinen und tieftraurig die Betontreppe in den ersten Stock hinauf und schaute auf die Terrasse.

Dort saß zu ihrer Beruhigung Frieda und sah den Wellen bei ihrer unermüdlichen Tätigkeit zu. Sie war also nicht hinausgefahren.

„Was ist eigentlich mit den Zwergen?" fragte sie die alte Frau und wollte damit zum Ausdruck bringen, daß ihr das neue Leben ihrer Gefährtin manchmal nicht ganz geheuer war.

„Es geht ihnen gut", sagte Frieda. „Sie gehen mit mir fischen, und ansonsten geben sie Ruhe. Manchmal sind sie ein bißchen eifersüchtig", räumte sie ein. „Wenn ich mit den Wassergeistern singe."

„Wassergeister?" wiederholte die Schwarze Witwe, und der Klang ihrer Stimme besagte, daß sie mit ihren Gedanken ganz woanders war.

„Hast du was?" erkundigte sich Frieda.

Die Schwarze Witwe hob die Schultern. „Ich möchte nichts anderes als ununterbrochen bei Stacey sein“, sagte sie. „Aber ununterbrochen bei Stacey zu sein, bedeutet Gefahr für mein zerzaustes Herz. Ich will es nicht wieder an eine Frau verlieren. Schon jetzt habe ich das Gefühl, daß ich hin und her gerissen bin zwischen meiner Liebe zu Stacey und meinem Bedürfnis, nachzuforschen, wie Teresa Stratos zu Tode gekommen ist.“

„Forsch doch zusammen mit Stacey“, schlug Frieda vor.

„Ich werde sie fragen“, erwiderte die Schwarze Witwe, es klang ein wenig halbherzig.

„Warum fahren wir nicht noch mal zu den verbrannten Oliven und schauen uns beim Haus von Teresa Stratos um?“ schlug Frieda vor.

„Keine schlechte Idee“, räumte die Schwarze Witwe ein. „Aber bei diesem Wetter? Wir müssen abwarten, bis sich das Meer beruhigt hat.“

„Wie wäre es mit einer kleinen Wettermagie?“ schlug Frieda vor.

„Ach, eigentlich ist mir dieser Sturm gerade recht“, widersprach die Schwarze. „In mir ist es heute auch recht stürmisch. Ziemlicher Wellengang.“

Frieda nickte.

„Weißt du, was Nina sagte, kurz bevor sie aus meinem Leben verschwand?“

„Hm“, sagte Frieda.

„Sie sagte, sie glaube nicht, daß ich auf Dauer mit einer Person leben könne. Sie meinte, ich sei eine, der es in einer Liebesbeziehung schnell zu eng wird.“

„Und? Ist das so?“ wollte Frieda wissen.

„Möglich“, räumte die Schwarze ein. „Sie meinte auch, daß ich deswegen eine sehr einsame Frau sein werde, die ungeliebt und von allen verlassen vor sich hinkümmern wird."

„Ich weiß nicht, was ihr immer für ein Theater mit dieser Liebe macht", sagte Frieda. „Ich weiß gar nicht, was das ist." Sie schnaubte. „Liebe. Was ist daran so wichtig?"

„Es hat etwas mit Nähe und Zugehörigkeit zu tun", erklärte die Schwarze.

„Das haben wir doch", sagte Frieda. „Das ist Familie. Du bist meine Familie. Du bist meine Mutter und mein Kind."

„Ja, aber da ist noch etwas anderes, das uns treibt, Frieda", gab die Schwarze zu bedenken. „Etwas, das sich nicht erklären läßt. Ich begegne Stacey und bin bezaubert. Das brauchen wir auch. Anziehung, Liebe, Sex, Lust und Entzücken. Nicht nur Familie."

„Ja", sagte Frieda. „So etwas kommt und geht. Das ist ganz normal. Aber die, die Familie sind, bleiben. Wir bleiben."

„Was würdest du sagen, wenn ich mit Stacey nach Kanada gehe?" fragte die Schwarze und betrachtete prüfend Friedas Gesicht.

„Ist das weit?" fragte Frieda.

Die Schwarze nickte. „Sehr weit."

„Liegt es am Meer?" wollte Frieda wissen.

„Ja", sagte die Schwarze. „Dort, wo Stacey wohnt, ist das Meer."

„Dann gehe ich mit", sagte Frieda.

„Ich habe noch nichts entschieden, weißt du", bremste die Schwarze. „Stacey ist eine berühmte Frau. Millionen beten sie an. Sie wird viel unterwegs sein, und viele Menschen sind ständig um sie herum. Ich wäre nur eine von vielen, fürchte ich."

„Viellcicht wärst du die wichtigste", meinte Frieda.

„Ich habe Angst, daß ich in dieser Liebe zu ihr verloren gehe", sagte die Schwarze. „Und ich weiß, daß Stacey auch dazu neigt, sich aufzulösen. Sie hat ihre gesamte Karriere für Pat aufgegeben. Zum Schluß hat sie als Background-Chormädchen in Pats billiger Band gesungen." Es war ihr anzumerken, wie nah ihr das ging.

„Wenn es sie glücklich gemacht hat", gab Frieda zu bedenken.

„Das ist es ja gerade", sagte die Schwarze. „Es hat sie ganz und gar nicht glücklich gemacht. Sie hat mit Pat zusammen gekocht. Sie hat mit Pat zusammen Musik gemacht. Sie war nicht mehr Stacey. Sie war Pat und Stacey, ein Lebewesen mit vier Füßen und zwei Rücken. Aber in Wahrheit hat nur sie gekocht. Und nur sie hat wirklich Musik gemacht. Sie hat versucht, aus Pat einen Menschen zu machen, der zu ihr paßt. Andererseits hat sie versucht, sich als Person völlig aufzulösen in diesem Wunsch nach Einssein. Und sie wurde immer unglücklicher dabei. Pats Erscheinung wurde immer aufgeblasener, und Stacey versuchte sich hinter einem Fettpolster und verwahrloster Kleidung immer kleiner und kleiner zu machen."

„Ich verstehe das Wort Einssein nicht", sagte Frieda.

„Ich auch nicht", sagte die Schwarze Witwe.

„Es klingt wie etwas, das nicht gut für uns ist", sagte Frieda.

„Das kann man so nicht sagen", widersprach die Schwarze. „Es ist gut für Embryonen. Für ungeborene Kinder", erläuterte sie, als sie Friedas fragenden Gesichtsausdruck sah. „Solange das Kind im Bauch der Mutter ist, fühlt es sich eins mit der Mutter. Später wollen wir diesen Zustand wieder erreichen, wenn wir uns verlieben. Das ist natürlich Unsinn."

Friedas Gesichtsausdruck verdüsterte sich.

„Verzeih, Frieda", sagte die Schwarze. „Du magst es nicht, wenn ich von Müttern spreche, ich weiß."

„Ist schon gut", sagte Frieda.

„Weißt du, wir reden davon, daß die andere ein Teil von uns ist und solche Sachen. Damit wollen wir ausdrücken, daß wir uns den seligen Zustand zurückwünschen wie einst im Bauch der Mutter."

„Warum bleiben wir nicht auf Kreta?" fragte Frieda.

„Das ist wieder ein anderes Problem", sagte die Schwarze. „Siehst du, ich habe gerade mit der alten Maria einen Kaffee getrunken. Sie will mir den Baumeister zum Mann geben. Wenn ich hier bleibe, kann ich nicht so leben, wie ich bin. Ich müßte mich ständig gegen irgendwelche Bewerbungen irgendwelcher Männer zur Wehr setzen. Ich müßte meine Liebe zu Frauen verstecken, weil die anderen damit nicht umgehen können. Da würde ich auf die Dauer sehr unglücklich sein." Sie schüttelte den Kopf. „Weißt du, Frieda, das wäre echte Einsamkeit."

„Das stimmt", sagte Frieda und tätschelte die Hand der Schwarzen.

„Darum kann ich nicht hier bleiben", sagte die. „Obwohl ich keinen schöneren Ort kenne als diesen. Von unserem Zuhause in der Steiermark abgesehen."

„Nur daß dort kein Meer ist", sagte Frieda. „Ich will nicht mehr ohne das Meer sein."

„Ein unlösbarer Konflikt", sagte die Schwarze.

„Ein was?" erwiderte Frieda.

„Nichts Besonderes", sagte die Schwarze Witwe. „Das passiert jeden Tag. Allen Leuten. Manche werden damit steinalt."

7

Als die Schwarze Witwe sich am Nachmittag desselben Tages wieder auf den Weg zum Haus ihrer Geliebten machte, war Kreta noch immer grau und rauh. Schwarze Wolken hingen schwer über der Bucht, und ein dunkles Grollen lag in der Luft, als ob gleich ein Gewitter niedergehen wollte.

Auf der Terrasse des letzten Hauses am Dorfrand saß der Österreicher und trank Raki. Die Schwarze Witwe wußte, daß es für ihre Gemütsverfassung besser wäre, weiterzugehen. Aber sie wäre nicht sie gewesen, wenn sie einfach weitergegangen wäre.

„Ach, da haben wir ihn ja wieder, den Wohltäter des Dorfes. Unseren Retter aus größter wirtschaftlicher Not", sagte sie und blieb stehen.

„Verschwinden Sie", sagte er mit schon etwas schwerer Zunge. „Sie haben ja keine Ahnung."

Bevor die Schwarze Witwe antworten konnte, öffnete sich die Terrassentür, und ihr Freund Stavros kam mit einer neuen Flasche Raki heraus. „Probier mal diesen hier", sagte er. „Den habe ich selbst gemacht."

Verblüfft starrte er die Schwarze Witwe an. Verblüfft starrte die Schwarze Witwe Stavros an.

„Du hier?" sagte sie und wünschte, sie wäre nicht stehen geblieben, um den Österreicher verbal zu ohrfeigen.

„Yassou", sagte Stavros. „Trinkst du mit uns? Komm herein." Er wandte sich an den Österreicher. „Ich darf sie doch einladen?"

„Vielen Dank, nein“, sagte die Schwarze Witwe und drehte sich abrupt um. Ihr schossen Tränen der Enttäuschung in die Augen, als sie mit großen Schritten weitereilte. Den ganzen langen Weg zu Staceys Haus brüllte und schrie sie vor Zorn und Beschämung. Sie konnte es nicht begreifen. Ihr alter Freund Stavros machte gemeinsame Sache mit diesem Touristenhai.

Erst Manolis und dann der Baumeister. Und jetzt mein Freund Stavros, dachte sie. *Wer weiß, vielleicht stecken die alle unter einer Decke, diese Verräter.*

Es war ein widerliches Gefühl, das Besitz von ihr ergriff. Die ganze Welt erschien ihr auf einmal ein unsicherer und liebloser Ort, auf dem sich alles und alle gegen sie verschworen hatten. Das Gift des Verrats hatte sie erreicht. Ein Gift, das nicht oft, aber in besonders existentiellen Situationen ihre Seele getötet hatte. Nicht immer hatte es wirklich Verrat gegeben, es gab auch solchen, der aufgrund alter Wunden nur in ihrem Kopf stattfand. Das machte die Sache für die Schwarze Witwe nicht einfacher. Denn so kam noch die Unsicherheit dazu, ob ihr Gefühl eine Reaktion auf eine reale oder irreale Situation war. Diese Art der Unsicherheit war ihr aus tiefstem Herzen verhaßt.

Keuchend riß sie Staceys Haustür auf. „Irgend jemand zu Hause?“ schrie sie.

„Hier“, rief Stacey. „Ich bin auf der Terrasse.“

Die Schwarze Witwe raste durch das große, elegant eingerichtete Wohnzimmer, stürmte durch die geöffnete Terrassentür und warf sich auf Stacey, die lang ausgestreckt auf einer Liege lag und Musik hörte.

„Hey!“ rief Stacey. „Was ist denn mit dir passiert?“

„Frag nicht“, erwiderte die Schwarze mit erstickter Stimme. „Vielleicht ist es einfach nicht mein Tag. Am besten wäre ich in deinem Bett geblieben und hätte gelesen."

„Das könnte ich nicht", sagte Stacey. „Ich lese nie."

„Ich weiß", sagte die Schwarze. „Es steht in allen deinen Biographien."

„Hör lieber diese unglaubliche Musik." Stacey hielt ihr ein zerfleddertes Schallplattencover entgegen. „Cannonball Adderley spielt ein Stück von Joe Zawinul. Dieser Kerl, der Zawinul, ist, glaube ich, Österreicher. Ein alter Jazzer. Hat in den vergangenen vierzig Jahren in den USA mehr Babys gezeugt, als ein Hund Flöhe hat. Eine Legende." Sie lachte und umarmte die Schwarze Witwe fest.

„So wie du jetzt schon eine bist", sagte die Schwarze und vergrub ihr Gesicht an Staceys Schulter. „Wie heißt denn das Stück?"

„Es heißt ‚Mercy, Mercy, Mercy'. Und Adderley sagt, wenn du nicht weiter weißt und gewaltige Probleme hast im Leben, dann hat Zawinul diesen Rat für dich: Mercy, mercy, mercy."

„Für einen gibt es aber keine Gnade", sagte die Schwarze Witwe. „Dieser Österreicher wird das ganze Dorf zerstören mit seinem Ferienclub."

„Ziemlich übler Typ. Ich habe ihn gesehen", bestätigte Stacey.

„Wir müssen etwas unternehmen, Stacey", sagte die Schwarze. „Ich weiß nicht, wie du darüber denkst, aber es ist an der Zeit, in Bewegung zu kommen."

„Wohin willst du dich bewegen?" erkundigte sich Stacey und strich der Schwarzen über das kurze Haar.

„Sobald sich das Wetter beruhigt hat, fahre ich noch einmal zu Teresa Stratos Haus. Ich will schauen, ob ich nicht irgend etwas finde, das mir erklären kann, wieso eine Leiche ins Meer gesprungen ist."

Die drei Pudelkinder waren in ihrem Körbchen aufgewacht und kugelten quietschend heraus. Erfreut entdeckten sie Stacey und versuchten zu ihr hinaufzugelangen. Stacey hob sie nacheinander zu sich hoch.

„Du hast recht“, sagte sie. „Ich komme mit. Stell dir vor, die Kleinen wären auch verbrannt, wenn ich sie nicht gefunden hätte. Schau mal diesen hier, er sieht aus wie ein kleiner Pirat.“

„Gut“, sagte die Schwarze. „Sobald der Sturm vorüber ist, fahren wir los.“

Noch an diesem Abend legte sich der Sturm. Das Meer wurde ruhig, und am nächsten Morgen zeigte sich Kreta wieder milde und heiter. Eine freundliche Insel mit einladenden Stränden; ideal für Urlaub und Entspannung.

„So früh schon unterwegs?“ rief Schulz, als die drei Frauen Friedas Boot beluden.

„Kleine Entdeckungsfahrt“, rief die Schwarze zurück. „Wir wollen Stacey die Schönheiten der Insel zeigen.“

„Am schönsten ist es in diese Richtung“, rief Manolis und wies nach Westen.

„Genau da fahren wir hin“, rief die Schwarze Witwe. Frieda startete den alten Dieselmotor, und sie tuckerten langsam ostwärts aus der Bucht heraus.

Aus den Augenwinkeln sah die Schwarze Witwe, wie Schulz ihnen nachstarrte. Dann zog er sein Handy aus der Hosentasche und begann zu telefonieren. Das Gesicht der Schwarzen Witwe verdüsterte sich.

„Warum sagst du, daß wir westwärts fahren, wenn wir doch zu Aphrodites Pool fahren?“ fragte Stacey.

„Ich weiß nicht, ich traue Schulz nicht mehr“, sagte die Schwarze.

„Aber er sieht doch, daß wir nach Osten fahren“, sagte Frieda. „Das kannst du doch nicht vor ihm verbergen.“

„Es war nur so eine Art Reflex“, erklärte die Schwarze Witwe. „Das weiß ich auch, daß er sieht, wohin wir fahren. Daß ich so reagiert habe, ist nichts als ein Zeichen meines emotionalen Rückzugs.“

„Blödes Zeichen, wenn es außer dir niemand merkt“, erwiderte Frieda, und die Schwarze wußte, daß sie recht hatte.

Als sie „Aphrodites Pool“ erreichten, bot sich ihnen ein gruseliger Anblick. Die Hänge waren schwarz, hier und da lag ein verkohltes Baumstück. Alles strahlte eine Atmosphäre von Tod und Verzweiflung aus.

Die Schwarze Witwe starrte entsetzt. „Noch nie zuvor in meinem Leben habe ich verstanden, was der Begriff ‚verbrannte Erde‘ bedeutet.“

„Glaubst du, wir können hinaufgehen?“ fragte Stacey zweifelnd. „Ich meine, was ist, wenn es noch irgendwo schwelendes Feuer gibt?“

„Dann machen wir es wie beim erstenmal“, sagte die Schwarze. „Wir rennen hinunter und steigen ins Boot.“

Sie machten sich auf die Suche nach Teresa Stratos Haus oder vielmehr nach dem, was davon übrig war. Ziemlich weit oben am Hang wurden sie fündig. Verkohlte Betonmauern erzählten davon, daß hier eines der zahllosen Häuschen im halblegalen Schwarzbau gestanden hatte.

Es gibt ein griechisches Gesetz, wonach Bauten, die innerhalb eines Tages fertiggestellt werden können, ohne Baugenehmigung und steuerfrei errichtet werden dürfen. Es galt als Zeichen der dem Staat überlegenen Intelligenz des Individuums, in einer Nacht- und-Nebel-Aktion mit gewaltigem Aufwand irgendwo vier Wände und ein Dach hinzustellen, an denen in weiteren Nacht-und-Nebel-Aktionen weitergebaut wurde, bis das Haus fertig war. Sie traten durch das, was einmal eine Eingangstür gewesen war, ins Innere der Ruine.

„Brrr“, sagte Frieda und schüttelte sich.

„Da schaut's aus“, sagte die Schwarze Witwe.

„Kommt mal her“, rief Stacey. „Ich habe eine Kellertür gefunden.“ Sie versuchte vergeblich, eine in den Boden eingelassene Metalltür zu öffnen.

„Laß Frieda das machen“, sagte die Schwarze. „Sie hat eine Magie, die Türen öffnet.“

Stacey lachte ungläubig.

Frieda kniete sich für einen Moment nieder und legte ihre flache Hand auf den leicht verbogenen Metallgriff. Dann schloß sie die Augen und zog die Falltür sanft auf.

Stacey staunte, und die Schwarze Witwe strahlte stolz wie eine Mutter, die vorführt, wie gut ihr Kind Fahrrad fahren kann.

Die drei blickten in die Öffnung im Boden und in einen Keller, der den Brand offenbar unbeschadet überstanden hatte. Stacey kletterte als erste die Leiter hinunter, gefolgt von der Schwarzen Witwe. Als dritte kam Frieda.

Als Stacey die mitgebrachte Taschenlampe einschaltete, weil das helle Viereck der Falltür über ihnen nicht genug Licht gab, sahen sie auf ein Szenario, wie es wahrscheinlich in Millionen Hauskellern zu finden ist. Gerümpel und ausrangierte Möbel. An einer Wand ein Regal mit Dosenvorräten und leeren Flaschen. Und alles mit einer sandigen Staubschicht bedeckt.

Sie bemerkten es gleichzeitig, aber es war zu spät. Die Falltür über ihnen wurde von unsichtbarer Hand geschlossen. Sie hörten, wie mehrere schwere Gegenstände bewegt wurden, dann vernahmen sie Schritte, die sich eilig entfernten.

Stacey kletterte die Leiter hoch und versuchte vergeblich, die Tür aufzudrücken. „Kann Frieda noch mal ihre Magie machen?“ rief sie dann.

„Das glaube ich kaum“, erwiderte die Schwarze Witwe. „Die Tür ist von oben beschwert worden.“

„Ich probier's“, sagte Frieda. Aber auch sie schaffte es nicht.

„Laßt mich“, rief die Schwarze Witwe. „Vielleicht kann ich es machen.“

Erst danach kam die Angst.

„Ich weiß nicht mehr weiter“, schrie die Schwarze Witwe und atmete heftig.

Es gab kaum etwas, das sie noch aus der Fassung zu bringen vermochte. Sie war eine unerschrockene Kämpferin, die sich nicht so leicht einschüchtern ließ. Noch den hartgesottensten Tätern hatte sie mit List und Macht getrotzt. Nach dem Verlust ihrer geliebten Nina hatte sie geglaubt, daß nichts und niemand auf dieser Welt noch Leid in ihr Leben bringen könnte, nichts konnte so schmerzen wie Ninas Tod.

Sie war stark. Sie hatte alles überlebt. Aber auch sie hatte ihre Achillesferse, ihre verletzbare Seite. In ihrem Fall war es das Gefühl, in der Falle zu sitzen und keinen Ausweg zu wissen.

Dies hier war eine Falle, soviel stand fest. Sie hockte eingesperrt im Keller einer Brandruine, viele Kilometer von der nächsten menschlichen Behausung entfernt, und alle, die ihr hätten helfen können, saßen mit ihr in der Falle. Alle, denen sie nicht mehr vertrauen konnte, waren draußen. Jeder von ihnen konnte die Tür über ihnen zugemacht haben.

Und es war Kreta, die wilde Insel, die unter der nett gestylten Tourismus-Fassade, jenseits der bunten Lampions in den Tavernen noch immer ein Ort war, an dem jahrtausendealte Gesetze von Stolz und Ehre gelebt wurden. Unter der dünnen Oberfläche westlicher Kultur war die Insel der Göttin ein archaischer Ort, an dem es immer, bei allem und zu jeder Zeit um Leben und Tod ging. Menschen konnten ganz einfach verschwinden, das war nichts Ungewöhnliches.

So schrie sie also, wütend und verzweifelt, daß sie nicht weiter wußte.

„Bitte schrei nicht so", sagte Stacey. „Wir müssen darauf achten, daß wir genug Luft haben. Je heftiger wir atmen, um so früher wird uns die Luft knapp werden."

„Wir werden verdurstet sein, noch bevor wir erstickt sind", brummte Frieda, die im Vorratsregal herumstöberte. „Hier ist alles mögliche, nur nichts Flüssiges."

„Ich hätte mehr Survival-Bücher lesen sollen." Die Schwarze schien zu ihrem Überlebenswitz zurückzufinden.

„Die Göttin hat uns in die Unterwelt geschickt", bemerkte Frieda düster. „Warum hat sie das getan?"

„Du hast eine Geliebte, die ein Survival-kit besitzt", sagte Stacey und kramte in ihrer Hosentasche, um ein kleines schwarzes Etui zum Vorschein zu bringen. „Wenn auch nur irgend etwas Annehmbares in diesen Dosen enthalten ist, kommen wir damit für einige Zeit durch."

„Frieda hat recht", meinte die Schwarze und sah Stacey zu, die eine Dose nach der anderen in die Hand nahm.

„Shit", sagte Stacey. „Alles griechisch auf diesen Etiketten." Sie begann eine Dose mit einem winzigen Dosenöffner zu öffnen.

„Inannas Weg in die Unterwelt", sagte die Schwarze. „Demeter verliert ihre Tochter Persephone an die Unterwelt. Eurydike verschwindet auch noch dort."

„Wer?“ erkundigte sich Stacey. „Eurodyke? Es hat damals schon Dykes gegeben?“

„Es hat immer schon Dykes gegeben, meine Liebste“, erwiderte die Schwarze grinsend und wunderte sich, woher sie die Kraft nahm, auf diese Weise zu sprechen, obwohl ihr Herz schwer und schwerer wurde und sie sich und ihre beiden liebsten Menschen verdurstet, erstickt und mausetot in diesem finsteren Loch liegen sah.

„Bohnen in Tomatensoße“, sagte Stacey, als sie die Dose geöffnet hatte.

„Die heißen Gigantes. Schmecken gut. Also unter anderen Umständen und mit ein wenig Olivenöl würden sie richtig gut schmecken“, sagte die Schwarze.

„Wir müssen uns der Finsternis stellen“, sagte Frieda. „Die Göttin erwartet etwas von uns.“

„Mach mir keine Angst, alte Lady“, sagte Stacey und erschauerte unmerklich. Sie klappte den Löffel aus ihrem Survival-kit auf und begann die Gigantes zu essen.

„Wahrscheinlich hat Frieda gar nicht so unrecht“, sagte die Schwarze Witwe. „Auf einer anderen Ebene haben wir zu begreifen, warum wir in einem Erdloch feststecken.“

Stacey kaute.

„Bist du schon einmal in Trance gegangen?“ fragte die Schwarze Witwe.

„So was Ähnliches“, sagte Stacey. „Wenn ich das damals nicht getan hätte, hätte ich wahrscheinlich niemals den Mut gehabt, diese Karriere zu starten.“

„Ist das die Sache gewesen, als du geglaubt hast, daß deine Stimme mit dem Schicksal einer verstorbenen Sängerin verbunden ist und von ihr ihre Kraft bezogen hat?“

„Richtig“, bestätigte Stacey. „Und alle haben mich damals mißverstanden. Ich kann von Glück sagen, daß sie mich nicht für verrückt erklärt haben.“

„Kann ich mir vorstellen", sagte die Schwarze. „Ich werde dich jetzt auch nicht in Trance schicken, sondern bitte dich nur, zusammen mit Frieda auf mich, das heißt eigentlich meinen Körper aufzupassen, während ich in Trance gehe. Würdest du das für mich tun?"

„Ja", sagte Stacey. „Wenn du sagst, was ich tun soll."

„Sei einfach da und konzentrier dich darauf, bei mir zu sein."

„Okay", sagte Stacey und setzte sich zurecht. Die Schwarze Witwe streckte sich aus und legte ihren Kopf in Friedas Schoß.

„Zuerst war der Tod. Dann kam das Wasser. Dann das Feuer. Und nun die Erde", sagte Frieda.

„Und vor der Erde und nach dem Feuer war noch der Sturm, Frieda, das hast du vergessen", sagte die Schwarze. „Also auch das Element Luft hat schon eine Rolle gespielt. Die Frage ist, was jetzt noch fehlt."

„Jetzt fehlt die Entfaltung der neuen Ebene. Die Verwandlung. Die Ausdehnung in etwas Neues", sagte Frieda.

„Tod ist auch eine Art von Verwandlung. Etwas Neues." Die Schwarze spürte einen Anflug von Galgenhumor. Das Geräusch, das Stacey in diesem Augenblick machte, war nicht zu beschreiben. Es war wie ein Schluchzer aus tiefster Tiefe und mündete in einen herzzerreißenden Gesang. Ein Gesang, wie er überall dort entsteht, wo das Leben an seine Grenzen gerät, wo Not und Armut herrschen und kein Ausweg zu erkennen ist, für den du schmutzige Fingernägel haben und barfuß gehen mußt.

Die Schwarze Witwe schloß die Augen und ließ sich an Staceys Stimme entlang hinabgleiten in die tieferen Bereiche ihres Seins. Ihr Atem wurde ruhig und dann immer leiser, bis sie beinahe gar nicht mehr atmete; ihr Körper wurde schwer und kühl.

Ihre Seele trat aus der Ruine und betrachtete die alte Frau, die an der verkohlten Mauer lehnte und sie anlächelte. „Grüß dich, Mutter", sagte sie. „Hier steckst du also. Ich habe dich in den ganzen fünfunddreißig Jahren seit deinem Tod nicht mehr gesehen. Nicht seit du mir damals in einem Traum bei einer Brandruine erschienen bist, um mir zu sagen, daß es in Ordnung für dich ist, tot zu sein, und ich aufhören soll, um dich zu trauern. Was willst du von mir?"

„Dies ist meine Insel", sagte die Mutter. „Hast du das vergessen?"

„Ja", sagte die Schwarze Witwe. „Das habe ich tatsächlich vergessen. Ich habe dich beinahe völlig vergessen. Kreta ist an deiner Stelle meine Mutter geworden."

„Ich weiß", sagte ihre Mutter. „Kreta ist die Mutter von uns allen."

„Hör auf", sagte die Schwarze. „Sonst schmerzt mein Körper, der in einem Loch in der Erde liegt."

„Tut mir leid, das wollte ich nicht", antwortete ihre tote Mutter. „Ich habe vergessen, wie es ist, ein Körper zu sein."

„Ich habe dich sehr geliebt, als du noch lebtest, Mutter", sagte die Schwarze. „Aber es war nie genug für dich. Du hast mich nie geliebt, obwohl du das immer behauptet hast."

„Darum bin ich hier, mein Kind. Ich habe etwas an dir gutzumachen."

„Dies ist die Brandruine, von der ich damals vor fünfunddreißig Jahren geträumt habe, als du mir wie heute erschienen bist", stellte die Schwarze ein wenig verunsichert fest.

„Richtig“, sagte die Mutter. „Nur daß du vergißt, daß hier, wo du dich befindest, es kein Heute und kein Gestern gibt. Deshalb ist es logisch, daß es dieselbe Brandruine ist.“

„Muß ich das verstehen?“ fragte die Schwarze Witwe.

„Noch nicht“, sagte ihre Mutter. „Erst wenn du für immer zu uns gekommen bist.“

„Wer ist ‚uns‘?“ hakte die Schwarze nach.

„Du hast doch von Teresa Stratos gehört“, sagte ihre Mutter.

„Allerdings“, sagte die Schwarze Witwe aufgeregt. „Ist sie bei dir? Kann ich sie was fragen? Wer hat sie umgebracht? Wer hat das Tal angezündet?“

„Wenn wir es dir sagen würden, wäre alles umsonst gewesen. Du würdest nichts lernen“, wies ihre Mutter sie zurück.

„Wenn du jetzt noch sagst, ‚wann wirst du endlich erwachsen‘, glaube ich, daß du es wirklich bist und keine Phantasiegestalt meines Innenlebens“, bemerkte die Schwarze.

Ihre Mutter lachte leise.

„Werden wir drei da unten sterben, Mutter?“ fragte die Schwarze ebenso leise.

„Das hängt davon ab, ob du begreifst, warum ihr da feststeckt“, antwortete ihre Mutter. „Sobald du das Richtige tust, kommt Hilfe herbei.“

„Und wenn ich nicht das Richtige tue, was immer das sein mag?“ fragte die Schwarze Witwe zurück.

„Dann wird man euch finden, wenn es zu spät ist“, sagte ihre Mutter ungerührt. „Aber ich bin sicher, daß mein kleines Mädchen den Ausweg finden wird.“

„Dein kleines Mädchen ist über fünfzig“, gab die Schwarze zu bedenken.

„Wunderbar", erwiderte ihre Mutter. „Dann bist du alt genug, um dir etwas einfallen zu lassen, meine Kleine."

„Ich könnte zu Maria und Manolis gehen und ihre Seelen berühren. Ich könnte ihnen ein Gefühl dafür geben, daß ich ihre Hilfe brauche."

„Fein", sagte ihre Mutter, ihre Erscheinung bekam etwas Durchsichtiges.

„Bei der Gelegenheit könnte ich in Erfahrung bringen, ob die beiden mit dem Österreicher unter einer Decke stecken", dachte sie weiter laut nach.

„Falsch." Ihre Mutter war fast nicht mehr zu sehen.

„Ich verstehe", sagte die Schwarze Witwe. „Ich muß den Verrat also ertragen und riskieren, damit zu leben, daß ich keine Freunde mehr habe." Ein liebevoller, wenn auch kühler Hauch traf ihre Seele. Ihre Mutter war nicht mehr da.

Die Schwarze Witwe bemerkte, wie auch ihre Kräfte schwächer wurden. „Trance ist Schwerarbeit", sagte sie laut. „Das glaubt man immer gar nicht. Aber es kostet viel Lebenskraft. Ich werde jetzt also zu Maria gehen." Ihre Seele dehnte sich aus und stand vor Marias Neubau, der noch nicht ganz fertiggestellt war.

Ihre Mutter lehnte an der Wand des neuen Hauses. „Beeil dich", sagte sie. „Es kostet Kraft, eine Erscheinung zu sein. Wenn eine keinen Körper mehr braucht, ist es schier übermenschlich, menschliche Formen anzunehmen, nur damit du mich erkennst. Was nimmt man nicht als Mutter auf sich für die Kinder. Damit sie was lernen und im Leben zurechtkommen. Und was machen die Kinder? Sie lernen nicht. Nein. Das haben die nicht nötig."

„Jedenfalls schaffst du es immer noch, vorwurfsvoll herumzujammern wie zu deinen Lebzeiten", erwiderte ihre Tochter.

„Kreta ist deine Mutter geworden. Nun bist du in den Bauch deiner Mutter zurückgekrochen und hängst in dieser Erdhöhle fest wie im Inneren des Labyrinths“, sagte die Mutter und überhörte die Bemerkung der Schwarzen. „Hast du geglaubt, daß es keine Folgen haben wird, wenn du in eine Höhle kriechst? Wann wirst du endlich erwachsen?“

„Mutter“, sagte die Schwarze. „Es ist keine Höhle. Schon gar nicht ein Labyrinth. Es ist ein versiffter Keller unter einem illegal gebauten und eben abgebrannten Haus in einem eben abgebrannten Olivenhain. Und wir stecken fest, weil uns jemand in diesem Keller eingesperrt hat. Jemand, der wußte, daß wir hineingehen würden, und der verhindern will, daß wir in Sachen Teresa Stratos und Waldbrand recherchieren, und der offenbar dafür sorgen möchte, daß wir dort unten elendiglich umkommen.“

Ihre Stimme war mit jedem Wort lauter geworden.

„Das ist von meinem Standpunkt aus ziemlich unerheblich, mein Mädchen“, sagte ihre Mutter. „Das, was dir da im Außen passiert, passiert nur, um in deinem Inneren etwas zu berühren, das schon lange berührt gehört.“

„Warum müssen Gespräche zwischen Müttern und Töchtern eigentlich immer auf diese blöde Weise ablaufen, selbst dann, wenn die Mütter seit zig Jahren tot sind und ihre Knochen längst vermodern und verkommen?“

„Kinder“, sagte die Mutter seufzend zu einer für die mit dem Leben auf Erden noch immer verbundene Seele der Schwarzen Witwe nicht wahrnehmbaren Wesenheit.

„Hört das eigentlich nie auf?“ fragte die Schwarze, die sich in diesem Augenblick wie eine Achtjährige fühlte.

„Etwas muß immer sterben, wenn wir im Inneren des Labyrinths sind. Etwas Neues wird geboren.“

„Vielleicht sollte ich es Mutter Kreta überlassen?" fragte die Schwarze sarkastisch. „Wenn sie die Mutter ist und ich in ihrem Bauch bin, kann sie mich ja gebären."

„Richtig!" strahlte ihre Mutter.

Die Schwarze Witwe starrte sie ungläubig an. „Du meinst, das ist es, was ich zu lernen habe?"

„Nicht ganz, aber ungefähr", sagte ihre Mutter. „Es hat etwas mit Loslassen zu tun. Nun mußt du nur noch herausbekommen, was du loslassen mußt."

„Ha!" sagte ihre Tochter. „Wenn es weiter nichts ist."

„Nun geh zu Maria", sagte ihre Mutter.

Die Schwarze Witwe sträubte sich. „Ich kann nicht" sagte sie. „Sie steckt vielleicht mit dem Österreicher unter einer Decke".

„Sie ist deine gute Freundin", sagte ihre Mutter.

„Oder auch nicht", widersprach die Schwarze.

„Riskiere es", sagte ihre Mutter. „Und beeil dich, du hast nicht mehr viel Zeit."

„Es fällt mir schwer, andere um Hilfe zu bitten. Und in diesem Fall eine, die möglicherweise eine ganz andere ist, als ich immer dachte."

„Wie sagt man bei euch zu so etwas?" überlegte ihre Mutter. „Projektionen, glaube ich. Richtig?"

„Tote, die spitzfindig sind, muß eine aushalten können", erwiderte die Schwarze Witwe.

Die Tür öffnete sich, und Maria trat hinaus in die Sonne.

„Jetzt", sagte die Mutter und verschwand.

Für einen Augenblick verharrte die Schwarze Witwe. Dann näherte sie sich ihrer Freundin und betrat vorsichtig und ein wenig ängstlich deren Körper. Sie bemühte sich, sozusagen nicht nach rechts und links zu schauen, das heißt im Wissen, daß sie ohne Marias Erlaubnis ihr

Innenleben berührte, versuchte sie, diesen Übergriff so gering wie möglich zu halten.

„Maria, hilf mir", bat sie unhörbar. „Wir sind in großer Not, Stacey, Frieda und ich." Sie bemerkte, daß Maria die Welt in Bildern wahrnahm, und verzichtete auf Worte, die ihre Freundin ohnehin nicht erreicht hätten. So konzentrierte sie sich darauf, ein Bild der drei eingeschlossenen Frauen zu entwerfen, und hoffte, daß dies ausreichte, um in Marias Inneren etwas entstehen zu lassen, das vielleicht zu ihrer Rettung führen könnte.

Dann kehrte sie erleichtert in ihren Körper zurück, der in Friedas Schoß ruhte.

Für eine Weile nahmen die Schmerzen, die es bereitet, Körper und Seele wieder zu vereinen, ihr die Luft. Zum Zeichen, daß sie wieder da war, bewegte sie ein wenig die Hände und öffnete die Augen.

„Mein Spinnerhühnchen ist wieder da", sagte Frieda, und ihrer Baßstimme waren die Freude und Erleichterung darüber anzuhören. Stacey griff nach ihren Füßen und begann sie zu massieren.

„Hmmm", sagte die Schwarze Witwe genußvoll und sehr müde. „Dafür lohnt sich jede Trance." Dann schlief sie ein und schlief einen langen, traumlosen Schlaf. Stacey legte sich neben sie und schlief ebenfalls ein. Auch sie war am Ende ihrer körperlichen Kräfte.

Nur Frieda wachte, in ein langes, stummes Gespräch mit ihren Zwergen vertieft.

8

Sie erwachte davon, daß sie einen unangenehmen Druck auf ihrer Blase spürte. *Allmächtige Mutter,* dachte sie. *Jetzt muß ich auch noch. Das ist würdelos.*

„Ich habe da hinten ein Loch gegraben", sagte Frieda. „Ist doch wurscht. Stacey schläft noch. Und ich schaue in die andere Richtung."

Die Schwarze Witwe kicherte leise. „Ich bin halt ein wenig verklemmt in dieser Hinsicht", sagte sie.

Frieda grunzte. Die Schwarze erhob sich und hockte sich in die Ecke, um ihre Stoffwechselrückstände so schnell wie möglich loszuwerden. Dann kehrte sie zurück und setzte sich neben Frieda.

Leise berichtete sie, was sie in der Trance erlebt hatte. Frieda hörte mit unbewegtem Gesicht, jedoch aufmerksam zu.

„Es geht also darum, etwas loszulassen", wiederholte die Schwarze Witwe.

„Es hat mit deiner Mutter Kreta zu tun", sagte Frieda.

„Soll ich vielleicht akzeptieren, daß die Tourismushaie den alten Olivenhain angezündet haben?" lamentierte die Schwarze. „Soll ich einen Mord nicht mehr einen Mord nennen?"

Frieda schwieg.

„Soll ich die Augen vor all dem verschließen, nur weil meine Freunde in diesem Spiel offenbar mitmischen?" fuhr die Schwarze fort. „Soll ich mich einfach in mein Schicksal ergeben und hier unten friedlich sterben? Sollen die Täter damit etwa durchkommen können? Soll Unrecht denn geschehen dürfen?"

„Unrecht geschieht", sagte Frieda.

Verblüfft hielt die Schwarze Witwe inne. „Unrecht geschieht", wiederholte sie leise. „Du hast recht. Mein Kampf gegen das Unrecht ist verrückt. Unrecht geschieht." Sie nickte nachdenklich. „Unrecht geschieht" sagte sie noch einmal und lauschte dem Echo, das diese Worte in ihrem Inneren auslösten.

„Alter buddhistischer Spruch", sagte Stacey, die aufgewacht war. „Shit happens."

„Ich hätte jetzt gern einen Schluck Wein", sagte die Schwarze Witwe. „Mein Mund ist so trocken, mir raschelt schon die Zunge."

„Was ist Unrecht?" fragte Frieda.

„Eine Erfindung der Guten", sagte die Schwarze Witwe. „Damit sie sich im Recht fühlen können." Sie bedeckte ihr Gesicht mit beiden Händen. „Ich verstehe gar nichts mehr", sagte sie dann. „Was rede ich denn da. Wenn Teresa Stratos ermordet wurde, dann ist das doch keine Erfindung von mir."

„Aber warum ist es wichtig, daß du den Mörder findest?" fragte Frieda.

„Soll der Kerl damit durchkommen?" hielt die Schwarze Witwe dagegen.

„Nein", sagte Frieda. „Aber warum ist es für dich wichtig, daß du den Mörder findest?"

„Wenn ich es nicht tue, tut es niemand", antwortete die Schwarze Witwe und spürte im selben Moment, daß diese Antwort am Wesentlichen vorbeiging. „Ich wünsche mir eine Welt, in der Frauen in Liebe und Achtung begegnet wird", sagte sie leise. „Und ich glaube, ich kann es nicht ertragen, wenn Gewalt und Erniedrigung die Welt regieren." Wieder spürte sie, daß das zwar eine Wahrheit war, aber eben nur eine. Es war noch etwas anderes, das sie da trieb in ihrem nun Jahrzehnte währenden Kampf gegen das Unrecht. „Ich muß passen" sagte sie. „Ich glaube, ich weiß nicht, warum ich so kämpfe."

„Wenn du hier so sitzt, was ist da wirklich wichtig für dich?" fragte Frieda weiter.

Die Schwarze Witwe sah sie nachdenklich an. „Mein nächster Atemzug. Mein Durst. Daß ihr beide bei mir seid. Lebendig zu sein."

„Wenn du hier herauskommst, was wirst du dann als erstes tun?" lautete Friedas nächste Frage.

„Atmen", sagte die Schwarze Witwe. „Wein trinken. Ein Bad nehmen. Und dann die Person finden, die uns das angetan hat."

„Warum? Was wirst du mit dieser Person machen?" wollte Frieda wissen.

Die Schwarze Witwe lächelte. „Wenn ich könnte, würde ich dafür sorgen, daß sie aus tiefstem Herzen begreift, was sie getan hat." Wieder lächelte sie. „Ich glaube, ich ahne, worum es mir geht. Und ich ahne, was ich bisher falsch gemacht habe. Ich will die Täter nicht aus dem Verkehr ziehen. Ich will sie auch nicht bestrafen. Ich will viel mehr. Ich will, daß sie begreifen, wirklich begreifen, was sie gemacht haben."

„Und kannst du das?" fragte Frieda.

„Nein", sagte die Schwarze.

„Aber ich", sagte Frieda.

Die Schwarze Witwe öffnete den Mund, um etwas zu erwidern.

Plötzlich hörten sie Schritte über sich, die näherkamen und sich dann wieder entfernten.

„Was war das?" Stacey sprang auf.

„Ich bin mir nicht sicher“, sagte die Schwarze. „Aber es klang wie Schritte.“

„Hey!“ rief Stacey laut. „Hört ihr uns?“

„Pssst, leise“, hielt die Schwarze Witwe sie zurück.

„Wieso denn?“ rief Stacey und schrie noch einmal.

„Und wenn es der Mörder ist, der zurückgekommen ist?“ sagte die Schwarze Witwe leise.

Erschrocken setzte Stacey sich wieder auf den Boden. „Was machen wir jetzt?“ fragte sie ratlos.

Die Schritte kehrten zurück. „Ich glaube, ich höre auch Stimmen“, flüsterte die Schwarze. „Stimmen? Du meinst, es sind mehrere?“ fragte Stacey.

Gegenstände wurden gerückt. „Ich höre etwas“, sagte die Schwarze. „Es ist eine Frauenstimme dabei.“

Dann hörten sie, wie jemand versuchte, die Falltür zu öffnen. Wieder waren Stimmen zu hören, diesmal schienen sie in einen aufgeregten Disput verwickelt zu sein. Ein Viereck fahlen Lichtes fiel auf ihre Köpfe.

„Mei Nerwe“, sagte Maria. „Wir haben sie gefunden.“

„Was machen die verrückten Weiber da unten?“ rief Schulz.

„Wir haben nur ein stilles Plätzchen gesucht, wo wir endlich ein wenig Ruhe vor euch beiden haben“, sagte die Schwarze Witwe.

9

„Ich hatte plötzlich so ein unruhiges Gefühl“, sagte Maria. „Mir war dauernd, als sähe ich euch drei in einem dunklen Raum eingesperrt.“ Sie merkte nicht, daß die Schwarze Witwe, die schaumbedeckt in Marias Badewanne saß, leicht errötete.

„Stell dir das bloß mal vor“, fuhr Maria fort. „Glaubst du an so was wie Telepathie? Ich nicht. Jedenfalls wurde ich diese blöde Gefühl nicht los, daß euch irgend etwas passiert ist.“

„Bitte entschuldige, Maria“, murmelte die Schwarze Witwe. „Es war ein Notfall.“

„Was?“ fragte Maria.

„Nichts, nichts“, sagte die Schwarze lauter. „Ist noch Wein da?“

„Also wenn Schulz nicht dauernd genervt hätte, daß ihr zu blöd zum Bootfahren seid, hätte ich gar nichts weiter dabei gedacht. Aber er kam doch tatsächlich an und behauptete, daß ihr Westen und Osten nicht voneinander unterscheiden könnt. Er sagte, ihr hättet gesagt, ihr fahrt nach Westen, und dann seid ihr ostwärts abgedreht.“ Sie stellte der Witwe ein frisch gefülltes Rotweinglas auf den Badewannenrand. „Schulz redet ja oftmals Unsinn“, fuhr sie fort. „Aber ich wurde dieses unruhige Gefühl einfach nicht los. Jedenfalls habe ich dann gesagt, wenn sie bis zum Nachmittag nicht wieder da sind, fahren wir die Küste ab und suchen sie. Eine Leiche pro Woche reicht, finde ich.“

„Sei froh, daß Frieda nicht hört, daß Schulz meint, sie sei zu blöde zum Bootfahren“, murmelte die Schwarze und trank einen Schluck Rotwein.

„Was macht ihr aber auch für Sachen!“ sagte Maria.

„Und wie seid ihr auf die Idee gekommen, wir könnten in dem Keller stecken?“

„Das war dann ziemlich einfach“, antwortete Maria. „Es ist ja nicht gerade ein Geheimnis, daß du deine Nase immer in alle möglichen Angelegenheiten steckst, die nicht die deinen sind. Dann sahen wir Friedas Boot in der Bucht liegen. Und dann blieb ja nur noch der Schluß übrig, daß ihr zu Teresas Haus gegangen seid. Und dann habe ich frische Spuren entdeckt. Eine davon hat einer Person mit ziemlich kleinen Füßen gehört. Jedenfalls kleiner als Männerfüße. Was ich mir nur nicht erklären kann, ist, wieso die Tür über euch zugegangen ist und wieso die schweren Betonbrocken darauf lagen."

„Weil jemand die Tür über unseren Köpfen geschlossen und die Brocken darauf gelegt hat, damit wir nicht wieder hinauskommen", antwortete die Schwarze Witwe.

Maria sah sie ungläubig an. „Glaubst du wirklich?"

„Ja", sagte die Schwarze Witwe. „Das weiß ich."

„Ausgerechnet bei uns", sagte Maria. „Hier wird nicht mal gestohlen, geschweige denn jemand überfallen."

„Das Ganze war bestimmt ein spontaner Akt", überlegte die Schwarze. „Eine unverhoffte Gelegenheit, uns loszuwerden. Nachgedacht haben die nicht. Sonst hätten sie unser Boot und unsere Sachen verschwinden lassen."

„Vielleicht war es ja eine einzelne Person mit geringer Muskelkraft", schlug Maria vor. „Die keine Zeit und Kraft hatte, das Boot mitsamt den Sachen zu versenken."

„Dann ist es allerdings fraglich, wie diese geringen Muskelkräfte die schweren Betonbrocken auf die Tür wälzen konnten", hielt die Schwarze dagegen.

„Ach, ich weiß nicht", wehrte Maria ab. „Wer sollte denn bei uns ein Interesse haben, euch da oben einzusperren?"

„Dieselben, die den Olivenhain angezündet und Teresa Stratos ermordet haben", erwiderte die Schwarze Witwe.

„Das klingt makaber", sagte Maria. „Wer sollte so etwas tun? Feuer legen."

„Maria, nun tu nicht so, als ob du nicht wüßtest, daß dies überall an der Mittelmeerküste Jahr für Jahr geschieht, um Bauland für Hotels und Apartmentanlagen für die Touristen zu schaffen. Für diese vielen Zweitwohnsitze. Bei euch genauso wie anderswo."

„Das würde doch hier sofort auffallen. Ich meine, die, die den Olivenhain jetzt kaufen, wären dann ja die Täter."

„Richtig", stimmte die Schwarze zu. „Die neuen Besitzer und ihre Helfershelfer. Vorausgesetzt, jemand hat ein Empfinden dafür, daß das Feuer absichtlich gelegt wurde und daß das kein Kavaliersdelikt ist. Oder Schicksal, wie Schulz gemeint hat. Erst wenn es als Tat empfunden wird, gibt es auch Täter. Wenn sich die Polizei nicht wirklich für die Umstände unseres Todes interessiert, ist es doch egal, ob das Boot noch da liegt oder nicht." Noch immer beobachtete sie ihre Freundin scharf.

Maria sah bedrückt aus und machte den Eindruck, als ob sie eine Last mit sich herumtrüge.

„Willst du nicht endlich den Mund aufmachen?" fragte die Schwarze Witwe mehr aus Verdacht als aus einem anderen Motiv.

„Was meinst du?" lautete Marias Gegenfrage.

„Du hast doch was", sagte die Schwarze Witwe. „Das ist dir anzusehen. Komm schon. Spuck's aus."

Maria verschwand in die Küche und kehrte mit einem Glas Rotwein zurück. Dann nahm sie einen Schluck und starrte für eine Weile auf die Fußbodenkacheln. „Müßten auch mal wieder gewischt werden", murmelte sie.

„Komm", sagte die Schwarze. „Ich will es hören, bevor ich aus der Wanne steige. Und ich muß bald aussteigen, ich hab schon Schwimmhäute zwischen den Zehen."

„Du kennst den Österreicher, der den Club bauen will", begann Maria.

„Ja doch“, antwortete die Schwarze.

„Also, es gibt eine Reihe von Leuten, die darüber nicht besonders glücklich sind“, fuhr Maria fort.

„Hab ich mir auch schon gedacht“, kommentierte die Schwarze.

„Wir haben alle gebaut und sind alle auf Touristen angewiesen“, erklärte Maria. „Du kannst dir vorstellen, wie viele Schulden einige von uns haben, um die Fremdenzimmer zu finanzieren.“

„Sicher“, gab die Schwarze von sich.

„Uns ist klargeworden, daß wir den Kerl nicht wieder loswerden.“

„Und da habt ihr an eine kretische Lösung gedacht?“ sagte die Schwarze.

„Kretische Lösung, was soll das sein?“ lautete Marias Gegenfrage.

„Naja, euch an dem neuen Geschäft ein bißchen beteiligen?“ erwiderte die Schwarze. „Mitnaschen am zukünftigen großen Kuchen?“

„Sag mal, spinnst du?“ gab Maria zurück. „Der Club ist unser aller geschäftlicher Tod. Ich kenne mich gut genug in der Tourismus-Branche aus, um zu wissen, daß das große Geld die Deutschen machen, die in Deutschland sitzen. Wir Einheimischen gehen dabei leer aus.“

Die Schwarze Witwe schwieg ebenso überrascht wie betroffen über ihre Fehleinschätzung.

„Und wieso hängt ihr dauernd mit dem Österreicher herum?“ erkundigte sie sich dann.

„Schulz und ich versuchen ihn ein wenig einzulullen“, sagte Maria. „Mit falscher Freundlichkeit, ich gebe es zu. Aber wir müssen wissen, was sie vorhaben, weißt du. Wann sie zu bauen anfangen und so weiter. Wir wollen alle rechtlichen Möglichkeiten ausschöpfen, die es gibt.“

„Rechtliche Möglichkeiten? Auf Kreta?“ staunte die Schwarze Witwe. „Ich dachte immer, die rechtlichen Möglichkeiten auf Kreta bestehen vor allem in der Bereitstellung von ausreichendem Schmiergeld und gezielter Sabotage.“

„Das ist nicht ganz falsch, meine Liebe“, sagte Maria. „Aber ganz wie in einer Bananenrepublik geht es hier dann ja doch nicht zu.“

„Obwohl hier Bananen wachsen. Sogar äußerst wohlschmeckende“, erwiderte die Schwarze.

„Phhh“, machte Maria.

„Und was ist mit Stavros?“ faßte die Schwarze nach. „Wieso sitzt der mit dem Österreicher zusammen und füllt ihn mit seinem Raki ab?“

„Aus den gleichen Gründen. Sein Taxi-Unternehmen lebt davon, daß er die Fremden vom Flughafen hierherbringt. Ist der Club erst da, pendeln Busse. Und zum Busfahrer taugt Stavros nicht. Das macht ihm keinen Spaß. Je näher wir an dem Österreicher kleben, um so leichter finden wir heraus, wo wir ansetzen können.“

„Ich verstehe“, sagte die Schwarze Witwe. „Ich glaube, ich muß mich bei euch entschuldigen.“

„Warum?“ wollte Maria wissen.

„Weil ich gedacht habe, ihr macht gemeinsame Sache mit dem Österreicher.“

„Spinnst du?“ lautete Marias Antwort.

„Manchmal“, sagte die Schwarze Witwe traurig.

„Teresa war unsere Freundin“, sagte Maria. „Hast du etwa gedacht, wir hätten etwas mit ihrem Tod zu tun?“

Die Schwarze senkte den Kopf.

„Unglaublich“, schnaubte Maria. „Dann hast du wohl auch geglaubt, wir hätten dich im Keller eingesperrt?“

Die Schwarze Witwe verschwand beinahe im Wasser.

„Ich hätte dich wirklich da unten vermodern lassen sollen“, sagte Maria zornig. „Eine feine Freundin bist du!“

„Sobald ich aus der Wanne heraus bin, streue ich Asche auf mein Haupt“, sagte die Schwarze Witwe.

„Soviel Asche findest du im ganzen Dorf nicht, wie auf dein Haupt gestreut gehört“, erwiderte Maria.

„Blubb“, machte die Witwe, sie war untergetaucht.

10

„Ich habe gewußt, daß du es schaffst.“

„Mutter, was machst du in meinem Traum?“ fragte das Traum-Ich der Schwarzen Witwe.

„Ich lobe dich“, sagte die Mutter. „Mütter sollen ihre Kinder viel loben, dann bekommen sie ein stabiles Selbstwertgefühl.“

„Schleich dich“, sagte die träumende Schwarze Witwe. „Ich habe deinen Zuspruch in fünfunddreißig Jahren nicht ein einziges Mal vermißt.“

„Lüg nicht“, sagte die Mutter. „Du bist in einer Krise. Da ist mein Platz bei dir.“

„Göttin schütze mich“, sagte das Traum-Ich der Schwarzen.

„Ich habe dir einiges zu sagen“, sagte die Mutter. „Im Grunde bin nicht ich es, die es dir zu sagen hat, ich habe mich nur angeboten, es dir mitzuteilen, weil ich dich liebe. Wenn du es von mir hörst, wirst du es leichter annehmen können.“ Sie schwieg eine Weile. „Also wenn ich ehrlich bin, und leider bin ich dort, wo ich jetzt bin, dazu gezwungen, ehrlich zu sein, habe ich mich angeboten, weil ich dachte, daß mir ein wenig Abwechslung ganz gut täte. Es ist da, wo ich bin, zuzeiten ziemlich langweilig, mußt du wissen. Und da..."

„Mutter", sagte das Traum-Ich der Schwarzen. „Was gibt's?"

„All deine Energien sind in tausend Winde verstreut. Such sie zusammen, auch wenn es mühselig ist. Werde eins und bleib immer in deiner Mitte, wenn du handelst. Die, die du im Außen bekämpfst, sind in Wahrheit deine Lehrmeister, die dir zeigen können, woran es in deinem Inneren mangelt. Du fühlst dich aufgerufen, das Unrecht zu bekämpfen. Aber du trägst selbst dazu bei, daß das Unrecht in der Welt bleibt, indem du es bekämpfst. Finde neue Wege, von deinen Widersachern zu lernen. Finde andere Wege der Liebe und finde freiere Wege, anderen zu helfen. Kreta hat ihren Kindern erlaubt, daß geschieht, was geschieht. Finde heraus, was das bedeutet."

„Das hast du hübsch gesagt, Mutter", sagte das Traum-Ich der Schwarzen.

„Danke", sagte die Mutter. „Hat mich einige Mühe gekostet, es auswendig zu lernen. Mein Gedächtnis ist nicht mehr das beste."

„Nur glaube ich nicht, daß Mutter Kreta es gutheißt, daß der Olivenhain brannte und Teresa Stratos ermordet wurde."

„Tut sie auch nicht", antwortete die Mutter. „Woher weißt du außerdem, daß Teresa Stratos ermordet wurde."

„Komm, Mutter, halt' mich nicht für unterbelichtet", wehrte sich das Traum-Ich der Schwarzen.

„Hast ja recht", räumte die Mutter ein. „Sie wurde ermordet. Aber sag niemandem, daß du es von mir hast."

„Ich kann schweigen", sagte das Traum-Ich der Schwarzen.

Sie beschloß zu erwachen. Langsam taumelte sie dem Wachzustand entgegen. Als sie soweit war, daß sie zwar bei vollem Bewußtsein war, aber die Augen noch nicht öffnen konnte, nahm Stacey sie in den Arm.

„Halt", sagte die Schwarze mit schwerer, noch vom Schlaf belegter Stimme. „Ich muß mir erst meinen Traum merken, sonst erscheint mir meine Mutter noch einmal, und das muß nun wirklich nicht sein."

Sie erzählte Stacey, was sie im Schlaf erlebt hatte. Und Stacey sagte: „Das Einfachste wird sein, daß wir uns auch an den Österreicher hängen."

„Brrr", antwortete die Schwarze Witwe.

„Laß uns doch mit Stavros, Schulz und Maria zusammenarbeiten", schlug Stacey vor.

„Für eine, die von sich behauptet, sie sei nicht besonders smart, ist das aber ganz schön smart", sagte die Schwarze Witwe.

„Du sei still mit deiner dummen Paranoia. Beinahe hättest du ihr deine besten Freunde geopfert."

„Jaja", brummte die Schwarze Witwe. „Hackt nur alle auf mir herum. Ist ja nur dieses törichte alte Weib, das sich kurze Zeit in einer Sackgasse bewegte."

Stacey verschloß ihr den Mund mit einem Kuß.

Zum Frühstück wanderten sie ins Dorf. Begleitet von der alten Eselin und Staceys zwei Hunden, die immer ein wenig vorausliefen, jedoch nie den Kontakt zu ihrer Beschützerin verloren. Viel zu bewußt war ihnen die Zeit, die sie an einer Kette als Wachhunde in einem Gemüsegarten verbracht hatten, bevor Stacey sie befreite.

In einem Beutel über der Schulter trug Stacey die drei Pudelfindlinge aus dem Olivenhain, die einen friedlichen Kinderschlaf schliefen. In der Brusttasche ihres Sakkos steckten drei Milchfläschchen.

„Du bist ein wandelnder Zoo“, lachte die Schwarze Witwe.

„Ich liebe Tiere über alles“, erwiderte Stacey.

„Auch mehr als mich?“ fragte die Schwarze.

„Auch mehr als dich“, antwortete Stacey.

„O Stacey, Stacey“, sagte die Schwarze Witwe. „Und was machst du mit ihnen, wenn du nach Kanada zurückgehst?“

„Dasselbe wie mit dir“, erwiderte Stacey. „Ich nehme sie mit.“

„Verrückte Stacey“, sagte die Schwarze Witwe und lachte, aber das Herz wurde ihr schwer bei dem Gedanken, was da auf sie zukommen würde.

„Ja“, sagte Stacey. „Verrückt nach dir.“

„Droh mir nicht mit Liebe“, erwiderte die Schwarze Witwe.

Es dauerte eine Weile, bis Stacey einen annehmbaren Schattenplatz für ihre Eselin gefunden hatte. Sie hängte ihr ein Pappschild um, auf dem „Bitte nicht füttern“ stand, und folgte dann ihrer Gefährtin, die in Georgis Taverne ihren morgendlichen Tisch nah beim Meer eingenommen hatte. Hier saßen sie durch große Pflanzen in Trögen ein wenig abgeschirmt von den anderen Tischen, und ehe sie noch richtig Platz genommen hatten, hatte Georgi ihnen auch schon zwei große Becher Kaffee hingestellt. Stumm und noch müde von der Kellnerei des Vorabends drehte er sich um, um den Rest des Frühstücks herbeizubringen.

Die Frauen tranken dankbar ihren ersten Schluck.

„Ein fürchterliches Gesöff“, sagte Stacey.

„Aber schwarz und heiß“, sagte die Schwarze Witwe. „Heiß wie mein Herz.“

„Großmaul“, sagte Stacey, und die Schwarze Witwe grinste.

„Ein wunderbarer Tag, um herumzuhängen", meinte sie. „Am besten bleiben wir den ganzen Tag hier sitzen und schauen dem Leben um uns herum zu."

„Nach der Angst im Kellerloch ist es doppelt schön", stimmte Stacey zu. Sie streckte ihre langen Beine aus und lehnte sich genießerisch zurück. „Die Pudel schlafen noch. Es gibt nichts zu tun. Ist das Leben nicht schön?"

„Hmm", antwortete die Schwarze Witwe. Aus halbgeschlossenen Augen sah sie, wie der Baumeister in Begleitung des Österreichers auf den Platz kam. „Gehört der nun zu denen, die den Tourismushai einlullen, oder macht er mit ihm gemeinsame Sache?" murmelte sie.

„Fang nicht wieder an", mahnte Stacey. „Das sind zwei deiner Lehrmeister."

„Göttin, gib mir Kraft", sagte die Schwarze Witwe.

„Nun zeig, ob du etwas begriffen hast, meine Kleine." Das war ihre Mutter. Die Schwarze Witwe fuhr herum. Es war niemand zu sehen. „Ich glaube, ich höre schon Stimmen", sagte sie.

„Trink abends einfach etwas weniger Wein", antwortete Stacey

Die beiden Männer setzten sich an einen entfernten Tisch, nicht ohne vorher grüßend genickt zu haben.

„Na bitte", sagte Stacey. „Sie grüßen uns sogar." Freundlich hob sie die Hand.

„Wie soll ich denn diesem Widerling klarmachen, daß ich ihn auf einmal nicht mehr unsympathisch finde?" murrte die Schwarze.

„Indem du ihm erklärst, daß du deine Meinung geändert hast", schlug Stacey vor.

„Das ist bitter", sagte die Schwarze. „Sehr bitter."

„Komm schon", sagte Stacey. Die Schwarze Witwe holte tief Luft und machte ein Gesicht, als würde sie gezwungen, Lebertran zu trinken; eine Mode, von der man seinerzeit ziemlich bald wieder abgekommen war, weil es gar zu widerlich schmeckte. Stacey sah ihr eindringlich und auffordernd in die Augen.

„Du hast um deinen Mund so etwas Freches", sagte die Schwarze und lächelte. „So etwas Verwegenes. Da bin ich damals gleich schwach geworden."

„Darling, jetzt ist jetzt", sagte Stacey.

„Du glaubst, ich trau mich nicht?" fragte die Schwarze aufmüpfig.

„Ich glaube, du traust dich nicht und versuchst abzulenken", erwiderte Stacey.

„Also gut", sagte die Schwarze Witwe und winkte. „Hey, Baumeister", brüllte sie über den Platz. „Komm an unseren Tisch und bring deinen Freund ruhig mit."

Lachend winkte der Baumeister ab. „Keine Zeit", rief er. „Wir haben was Wichtiges zu besprechen." Wie zum Beweis hielt er eine Papprolle in die Höhe. „Wir müssen uns die Pläne anschauen", fügte er hinzu.

„Ist auch besser so", murmelte die Schwarze. „Ich hätte die Pläne wahrscheinlich zum Frühstück gefressen."

„Denk noch mal nach, was deine Mutter dir im Traum ausgerichtet hat", sagte Stacey.

„Sie sagte, ich hätte meine Energien in alle Winde verstreut", antwortete die Schwarze.

„Und? Hast du?" wollte Stacey wissen.

„Wahrscheinlich schon", sagte die Schwarze Witwe ein wenig zögerlich. „Ein Teil von mir sitzt an einem Grab in einem Dorf in der Südoststeiermark. Ein weiterer Teil ist hier bei dir und will nichts als kosen und lieben. Wieder ein anderer Teil ist bei Frieda auf dem Wasser und macht sich Sorgen, ob sie mit ihrem kleinen Boot nicht absäuft. Und ein nicht unerheblicher Teil sitzt da drüben mit am

Tisch und spuckt den Herren auf ihre schönen Baupläne."

„Shit happens", sagte Stacey.

„Genau."

„Und was sagte sie weiter?" fragte Stacey nach.

„Sie sagte, daß alles, was mir im Außen begegnet, etwas darüber erzählt, woran es in meinem Inneren mangelt", antwortete die Schwarze Witwe.

„Dann schauen wir doch mal, wer dir im Außen begegnet ist", meinte Stacey. „Da sind Schulz und Maria und Stavros, deine guten alten Freunde."

Die Schwarze Witwe schlug die Hände vors Gesicht. „O Stacey", murmelte sie mit erstickter Stimme. „Ich schäme mich ja so."

„Nun übertreib nicht gleich so maßlos", meinte ihre Geliebte. „Schau dir lieber genau an, was geschehen ist."

„Sie haben mir gezeigt, daß sie meine Freunde sind, ich aber nicht ihre Freundin bin, sonst hätte ich es nicht für möglich gehalten, daß sie mich verraten. Ich glaubte nicht, daß sie meine Freunde sind. Das bedeutet, in mir gab es so etwas wie Freundschaft zu ihnen nicht."

„Stimmt", bestätigte Stacey. „Und was haben dir die Ereignisse in diesem Zusammenhang nun geschenkt?"

„Daß ich ihre Freundin bin und bleibe", sagte die Schwarze. „Ich habe erfahren, daß sie meine Freunde sind. Also, ich konnte es erfahren und fühlen. Nun ist es mir bewußt. Ich weiß selbst nicht mehr, wie ich auf die Idee kommen konnte, ihnen zu mißtrauen."

„Gut", sagte Stacey. „Weiter. Was ist mit dem Österreicher da drüben. Warum ärgert dich seine Existenz so über alle Maßen?"

„Ich halte ihn für Teresa Stratos Mörder. Und ich halte ihn für den Brandstifter", sagte die Schwarze. „Wenn er es nicht persönlich gemacht hat, dann steckt er doch zumindest dahinter."

„Hast du schon mal darüber nachgedacht, daß deine guten Freunde hier, die ja von diesen Ferienclubplänen in ihrer Existenz unmittelbar bedroht sind, kluge und starke Menschen sind, imstande, sich selbst zur Wehr zu setzen?" gab Stacey zu bedenken.

„Ich wollte ihnen doch nur helfen", sagte die Schwarze Witwe.

„Darling, das glaube ich nicht", sagte Stacey. „Erstens wolltest du Mutter Kreta helfen, während du deine Freunde für deine Widersacher gehalten hast. Und zweitens sorgen die Helfer stets dafür, daß die Hilflosen hilflos bleiben, sonst wären sie als Helfer ja überflüssig. Also, du solltest mal darüber nachdenken, was du wirklich willst, wenn du eigentlich nur behilflich sein willst."

„Stacey, das klingt mir zu philosophisch und abgehoben", wehrte sich die Schwarze. „Das würde ja bedeuten, daß ich sogar Mutter Kreta für zu dumm halte, um sich zu wehren. Also zumindest für schwächer halte als mich selbst."

„In letzter Konsequenz würde es das bedeuten", stimmte Stacey zu. „Versuch doch einfach mal zuzulassen, daß der Rest der Welt sich wunderbar zur Wehr setzen kann, wenn es ans Eingemachte geht. Auch diese Insel."

„Teresa Stratos war jedenfalls nicht dazu imstande", widersprach die Schwarze.

„Ach ja?" fragte Stacey. „Und woher wissen wir das? Abgesehen davon, daß wir uns berufen fühlen, ihren Mörder zu finden – woher nehmen wir die Gewißheit, irgendein Urteil über das Leben und das Schicksal der Teresa Stratos abgeben zu können? Was, wenn ihr Tod gar nichts mit dem Bau des Ferienclubs zu tun hat?"

Verblüfft starrte die Schwarze Witwe ihre Geliebte an. „Unsinn", wehrte sie ab.

„Jetzt laß es doch mal rein theoretisch so stehen", sagte Stacey. „Wir wissen es ja wirklich nicht. Du zählst zwei und zwei zusammen und glaubst, das ergibt vier. Aber tut es das wirklich? Es gibt den Grundsatz, daß das Außen dein Inneres widerspiegelt. Es gibt einen weiteren Grundsatz, daß Täter und Opfer einander bedingen."

„Klingt faschistoid", sagte die Schwarze Witwe.

„Ist aber was dran", sagte Stacey. „Betrachte es einmal behutsam und vorsichtig und fern von deinen Ängsten, die dich nur in Vorurteile führen."

„Mach ich ja", maulte die Schwarze Witwe.

„Gut", sagte Stacey. „Dann geh davon aus, daß du den Bösen da drüben brauchst, um dich als Gute zu fühlen. Und daß du die Schwachen brauchst, um dich helfend stark zu fühlen, damit du nicht spüren mußt, wie schwach du selber bist."

„Was?!" rief die Schwarze. Dann wurde sie nachdenklich und sagte langsam: „Natürlich habt ihr recht. Du und meine Mutter. Ich bin es, die hier keinen Ferienclub haben will. Ich würde leiden, wenn das Dorf nicht mehr so klein und still wäre, wie ich es seit Jahrzehnten kenne und liebe. Kreta ist es egal. Der Club hat nicht mehr Bedeutung für diese Insel als eine Flohfamilie für einen Hund."

Auf einmal sah sie klein und zerbrechlich aus. Sie wirkte uralt, als sie weitersprach, eigentlich sprach sie nicht, sondern dachte laut. „Ich denke an die bezaubernde Frauenkultur, die für ein paar tausend Jahre das Leben auf dieser Insel bestimmt hat. Vorbei und vergessen. Vor dreitausend Jahren untergegangen. Aber die Insel ist immer noch da. Hat seit dem großen Vulkanausbruch auf

Santorin eine leichte Schräglage von West nach Ost. Aber sonst ist sie wie neu. Wir werden alle vergehen. Dieser göttinnenverdammte Ferienclub wird verrotten, aber Kreta wird es immer geben."

„Darling, das bedeutet aber nicht, daß wir unwichtig sind", warf Stacey ein.

„Ach, ich weiß nicht", erwiderte die Schwarze. „Schau dir diese Insel an, die da drüben liegt. Siehst du, daß es einst gar keine Insel war? Seit zwanzig Jahren graben Archäologen auf dieser Insel und finden die erstaunlichsten Dinge. Es war ein kleines Dorf, stell dir vor. Es war berühmt, weil es mit dieser vorgelagerten Landzunge einen doppelten natürlichen Hafen hatte. Hier lebten schon vor siebentausend Jahren Menschen. Sie wohnten in kleinen Häusern, genau wie heute. Sie bauten Oliven an und waren berühmt für ihre wohlriechenden Balsamöle, die sie nach Ägypten verkauften. Sämtliche dösigen Mumien sind mit Balsamölen von Kreta mumifiziert worden. Schau mal dahinten", sie wies auf einen imaginären Punkt auf der vorgelagerten Insel. „Dort gab es damals, vor dreieinhalbtausend Jahren schon so etwas wie eine Taverne. Eine der Archäologinnen, die dort in den letzten Jahren gegraben haben, hat es mir gezeigt. Ein Platz mit lauter Tonbechern, die schnell und einfach getöpfert waren. Unglaubliche Mengen davon, offenbar gefertigt, um vielen Leuten viel zu trinken zu geben. Da saßen sie und tranken geharzten Wein und redeten wichtige Dinge, genau wie wir. Sie machten sich Sorgen um was auch immer, genau wie wir."

Sie hielt inne, um sich eine Scheibe Weißbrot mit Aprikosenmarmelade zu bestreichen. Aber dann vergaß sie, sie zu essen, und zerbröselte alles auf ihrem Teller. „Allerdings haben die sich gewiß nicht um so etwas wie die Errichtung eines Ferienclubs gesorgt." Sie schüttelte den Kopf. „Es erging ihnen weitaus schlimmer als uns. Wenn ich dann daran denke, wie die Eroberer aus dem Norden kamen und alles zerstörten, dann ist mir so ein Ferienclub doch noch lieber. Wir können uns gar nicht vorstellen, wie furchtbar das gewesen sein muß."

„Was ist geblieben?" fragte Stacey leise.

„Beinahe hätte ich gesagt: nichts." Die Schwarze Witwe dachte an Nina. „Aber das stimmt nicht. Was bleibt, ist folgendes: Lebe dein Leben."

„Das klingt sehr allgemein", sagte Stacey.

„Nur, solange du versuchst, nicht wahrhaben zu wollen, daß es wahr ist", sagte die Schwarze. „Carpe diem."

„Was heißt das?" wollte Stacey wissen.

„Das ist lateinisch und heißt: Nutze den Tag", erklärte die Schwarze.

„Oh, ja, ich weiß", sagte Stacey. „Ich habe da einen irren Film gesehen mit diesem Robin Williams. Wie hieß er doch noch gleich? Ach ja, ‚Club der toten Dichter'. Da kam das auch drin vor."

„Genau", sagte die Schwarze Witwe. „Diese Amerikaner. Wo wir siebentausend Jahre benötigen, sehen die sich mal eben einen Hollywood-Film an und sind genauso schlau."

Stacey warf ihr einen halb verunsicherten, halb ärgerlichen Blick zu. „Wie kommt es eigentlich, daß wir uns in Gegenwart von euch Europäern immer wie kulturlose Wilde fühlen?"

„Keine Ahnung", sagte die Schwarze Witwe. „Ich steh auf kulturlose Wilde."

„Ich habe Cree-Blut in meinen Adern", behauptete Stacey.

„Hi", sagte eine Stimme hinter ihnen.

Die Schwarze Witwe drehte sich überrascht um. „Ann“, rief sie und sprang auf. „Ich fasse es nicht! Meine Lieblingsarchäologin. Seit wann bist du hier?“

„Heute morgen angekommen.“ Ann strahlte.

„Fangt ihr wieder zu graben an?“ Die Schwarze Witwe schob der jungen blonden Frau einen Sessel hin.

„Ja“, sagte Ann. „Wie jedes Jahr. Ich bin ein paar Tage früher gekommen, um mich noch ein wenig in Ruhe hier aufzuhalten, bevor der ganze Zirkus losgeht.“

„Willst du uns nicht bekanntmachen?“ fragte Stacey und bekam diesen gewissen verwegenen Zug um den Mund, den die Schwarze an ihr so liebte.

„Stacey, das ist Ann. Sie gehört zu dem Archäologenteam aus Chicago, das auf der Insel die Ausgrabungen macht.“ Dann wandte sie sich an Ann: „Ann, das ist Stacey, meine neue Liebe.“

Ann schaute Stacey an und meinte: „Sie kommen mir sehr bekannt vor. Waren Sie mal in Chicago?“

Stacey nickte. „Aber ich glaube nicht, daß wir uns kennen“, sagte sie abwehrend.

„Trotzdem“, sagte Ann. „Ihr Gesicht habe ich schon mal gesehen.“

Über Staceys Gesicht zog ein Schatten. Die Schwarze Witwe sah, daß altes Leid sie berührte, und griff nach ihrer Hand, um Stacey wieder in die Gegenwart zu holen. „Stacey wird oft verwechselt“, sagte sie. „Aber nun laß uns über anderes reden. Ich hätte nicht gedacht, daß die dead-people-society so früh im Jahr hier auftaucht. War es so kalt in Chicago, daß es euch fortgetrieben hat?“

Ann nickte lachend. „Wir haben noch immer Winter“ sagte sie. „Und hier ist schon Sommer! Wunderbar!“ Sie griff nach einer Scheibe Weißbrot und strich Aprikosenmarmelade darauf. Im Gegensatz zur Schwarzen Witwe biß sie herzhaft hinein und begann genußvoll zu kauen. „Wir haben in diesem Jahr mehr Geld zugewiesen bekommen. Darum fangen wir schon früher an. Nun können wir endlich die alte Straße freilegen, die beweist, daß die Insel einmal zum Festland gehört hat."

„Na, dann grabt mal los, ihr alten Maulwürfe", sagte die Schwarze Witwe.

11

Frieda kreuzte mit ihrem Boot hinter der Insel und genoß den Anblick der kleinen Bucht vor dem Dorf vom Meer aus. Sie hatte die Nacht auf dem Boot verbracht, aber sie war nicht hinausgefahren, um zu fischen, sondern um dieses neue und wunderbare Gefühl von Lebendigkeit zu erleben, daß sie erst kennengelernt hatte, nachdem sie das Meer kennengelernt hatte. Die Bewegungen des Wassers, wenn sie sich im Boot schlafen legte, gaben ihr ein Gefühl von Geborgenheit, das sie nie zuvor erlebt hatte. Wenn die Schwarze Witwe Kreta zu ihrer Mutter gewählt hatte, hatte Frieda das Meer zu ihrer Mutter erklärt. Eine Mutter, die sie nur ungern verließ.

In der Ferne sah sie am Ufer die Schwarze mit Stacey und einer unbekannten Person sitzen. Dies war der Sicherheitsabstand zur Zivilisation, der ihr gefiel. Obwohl es kühl war auf dem Wasser, empfand Frieda eine gewisse Behaglichkeit. Am liebsten hätte sie sich noch ein Stündchen auf der Insel herumgetrieben und ihren Bewohnern, den Kaninchen zugeschaut. Aber die Neugierde trieb sie zurück. So tuckerte sie in den kleinen Hafen und vertäute ihr Boot langsam und sorgfältig, bevor sie die Stufen zu Georgis Taverne hinaufschritt und ihren Schützling samt Begleiterinnen begrüßte. Dann setzte sie sich und begann in aller Ruhe zu frühstücken.

Schweigend hörte sie der Schwarzen Witwe zu, die sich mit Ann in seichteren Gewässern des Tratsches bewegte. Schweigsam sah sie, wie Stacey sich den eben erwachten Pudelkindern zuwandte und eines nach dem anderen mit den Milchfläschchen säugte.

Dann verabschiedete sich Stacey, um mit den großen und den kleinen Hunden spazierenzugehen, was die Schwarze Witwe kaum bemerkte, weil sie so sehr mit Ann und ihrer Wiedersehensfreude beschäftigt war. Alles sah nach einem friedlichen, beinahe seicht dahinplätschernden Tag aus.

Frieda fühlte, daß sich etwas zusammenbraute. Nur konnte sie noch nicht sagen, was es war. Es war nur ein vages Gefühl, als ob sich etwas in ihr zusammenzog.

Sie schaute sich um und entdeckte den Baumeister, der mit dem Österreicher über den Plänen für den Ferienclub brütete.

Sie sah, wie Manolis dazukam und beiden über die Schulter blickte.

Am einen Ende der Bucht ging Maria und trug schwer an zwei Plastiktüten mit Einkäufen.

Von der anderen Seite näherten sich Panos, der Lebenskünstler, und sein Cousin Michalis, der Pleitier aus Deutschland. Sie schlenderten an den Tavernen vorbei und verschwanden in der kleinen Kapelle.

Die alte Maria brachte einen Karton Eier ins Hotel Sophia.

Fotini schäkerte in ihrer Taverne mit Wassilis, dem Installateur.

Stavros' alter Mercedes rollte langsam heran, zwei neue Gäste saßen auf der Rückbank.

Friedas Gefühl, daß sich etwas über dem Dorf zusammenbraute, verdichtete sich bis zu körperlicher Übelkeit. Sie rülpste laut und vernehmlich und trank noch einen Schluck Kaffee.

„Frieda“, sagte die Schwarze Witwe, ihr Geplauder mit Ann kurz unterbrechend. „Benimm dich.“ Sie erntete von Frieda einen verständnislosen Blick.

Als Frieda aufstand, um nach Hause zu gehen, zogen sich schwarze Wolken über der Bucht zusammen, und von Süden kam ein heftiger Wind auf. Aus der Ferne war dumpfes Grollen zu hören. Es war nicht zu übersehen, daß ein Gewitter heraufzog.

12

Ganze zwölf Stunden tobte das Gewitter über der Bucht. In allen drei Tavernen wurden die Sonnenschirme geschlossen und beiseite gepackt, dann die Stühle schräg gestellt, damit der Regen ablaufen konnte. Zuerst verzog sich die Schwarze Witwe mit Ann auf Georgis Bank am Haus, die unter einem schützenden Vordach stand. Von dort sahen sie, wie Petros, der Fischer, mit seinem kleinen Boot zu seinem großen Boot ruderte, um es aufs Trockene zu holen. Sie sahen, wie die Blitze im Wasser einschlugen, und bangten, daß keiner den Fischer treffen möge. Georgis Miene verdüsterte sich beinahe ebenso wie der Himmel, und auch Fotini schaute ärgerlich auf das den Umsatz drückende Wetter.

Kurz darauf kam Stacey und verkündete, daß sie nunmehr mit den Tieren zu ihrem Haus zurückeilen werde, weil sie vergessen habe, die Terrassentür zu schließen, auch müsse die Eselin in den Stall. Die Schwarze Witwe nickte nur und bemerkte Staceys zornigen Blick nicht, als sie sagte, daß sie mit Ann noch bleiben wolle.

Gegen Mittag ging die Schwarze in ihr Haus auf der Klippe. Als sie an der kleinen Kapelle vorbeikam, sah sie, daß mindestens zwei Dutzend der kleinen Kerzen brannten, die die Gläubigen für Fürbitten anzuzünden pflegten.

Sie legte sich ins Bett für ein kurzes Schläfchen, aus dem sie erst am späten Nachmittag erwachte. Es regnete noch immer, und auch Donner und Blitz waren noch da.

Inzwischen war der Rest der Archäologen-Crew eingetroffen. Wie in jedem Jahr hatten sie für die mühseligen Arbeiten bei den Ausgrabungen eine Anzahl Studierende des ersten Semesters mitgebracht, denen anzusehen war, daß sie zum erstenmal in Europa waren. Einige standen verlegen in der Gegend. Die Mutigeren verwechselten den Platz mit einem Basketballfeld.

Langsam verliere ich die Übersicht über meine Lehrmeister, dachte die Schwarze Witwe, als sie auf einen Kaffee zu Georgis Taverne zurückkehrte. Sie betrachtete das bunte Treiben auf dem Platz und wäre in diesem Augenblick gern in der geruhsamen Einsamkeit auf ihrem Hof in der Steiermark gewesen. *Was will mir die Göttin damit nun wieder sagen?*

Offenbar war sie nicht die einzige, die es gern etwas ruhiger gehabt hätte. Manolis saß an einem Tisch vor dem Hotel Sophia und sang: „We don't need no excavation."

Die Schwarze Witwe ging im langsam schaukelnden kretischen Gang zu ihrem Freund hinüber. „Wo ist deine Frau?" fragte sie.

„Und wo ist deine?“ lautete seine Gegenfrage.

„Zu Hause“, sagte die Schwarze Witwe.

„Meine auch“, sagte Schulz.

„Du bist ja so hübsch angezogen“, bemerkte die Witwe und betrachtete den an Schulz ungewohnten dunklen Anzug.

„Ich fahre gleich nach Heraklion“, erklärte Schulz.

„Aha.“

„Mit Stavros“, ergänzte Schulz.

„In Sachen Ferienclub?“ wollte die Schwarze Witwe wissen.

„Hm“, nickte Schulz.

„Ich komme mit“, sagte die Schwarze.

„Das ist nichts für Frauen“, sagte Manolis.

„Das hättest du jetzt nicht sagen dürfen“, konterte die Schwarze.

Schulz seufzte.

„Wenn du mich nicht mitfahren läßt, kriegst du nächste Woche zwei Pudel“, drohte die Schwarze.

„Und wenn ich dich mitfahren lasse?“ fragte Schulz.

„Dann kriegst du nur einen“, erwiderte die Schwarze. „Ich geh nur schnell etwas Ordentliches anziehen.“ Sie sprang auf und eilte davon. Nach kurzer Zeit kehrte sie zurück. Sie steckte in ihrem besten schwarzen Anzug. „So kann ich wenigstens mit euch Typen mithalten“, sagte sie unternehmungslustig.

Schulz starrte sie entsetzt an. „Du bist auf Kreta.“

„Ja, mein Lieber, das ist mir auch schon aufgefallen“, erwiderte sie sorglos.

„Auf Kreta rennen Frauen nicht in Herrenanzügen herum“, sagte er.

„Ab sofort doch“, antwortete die Schwarze Witwe fröhlich und hielt Ausschau nach Stavros’ altem Mercedes.

„Reicht es nicht, daß du deine Haare so kurz geschnitten trägst“, wandte er ein.

„Schulz, ich verspreche, daß ich niemals dein Rasierzeug benutzen werde“, erwiderte die Schwarze Witwe.

„Du bist noch schlimmer als meine Frau“, jammerte er.

„Dann danke der Göttin täglich dreimal, daß du Maria geheiratet hast und nicht mich“, konterte sie.

„Darauf kannst du dich verlassen.“

Kurz darauf rollte Stavros in seinem Mercedes heran. Als er ausstieg, fiel sein Blick auf die aufgetakelte Schwarze Witwe. „Was ist das?“ fragte er. „Haben wir Fasching?“

„Fang du nicht auch noch an“, gab sie zurück.

Hinter ihrem Rücken zuckte Manolis die Schultern und machte ein Gesicht, das besagte, er habe getan, was er konnte, es habe aber keinen Zweck bei dieser Frau.

„Was glaubst du, was passiert, wenn wir mit dir in Heraklion aufkreuzen?“ hielt Stavros ihr vor. „Die Männer werden sich alle provoziert fühlen.“

„Das ist hier nicht anders als in Heraklion“, bemerkte die Schwarze Witwe.

Manolis flüsterte: „Sie werden denken, daß wir schwul sind.“ Er blickte sich um, ob ihn jemand gehört hatte.

„Und?“ erwiderte die Schwarze. „Bist du’s?“

Schulz wurde fast so rot wie sein Haar. „Sag mal, spinnst du?“ empörte er sich. „Ich bin verheiratet!“

„Wenn wir die Schwulen daran erkennen könnten, daß sie keine Frauen heiraten, wären viele Frauen ledig, was ich gut fände“, konterte die Schwarze.

„Sie ist schlimmer als meine Frau“, stöhnte Manolis.

„Laß Maria aus dem Spiel“, ermahnte ihn Stavros. „Ich beneide dich täglich hundertmal um deine Frau.“

„Können wir endlich fahren?“ bemerkte die Schwarze Witwe. Beide Männer richteten ihren Blick zum Himmel und stiegen ins Auto. Die Schwarze setzte sich nach hinten. „Was haben wir denn vor?“ erkundigte sie sich.

„Zuerst holen wir den Österreicher ab“, knurrte Schulz.

Das Herz der Schwarzen Witwe begann nervös zu klopfen.

„Gib mir mal dein Handy“, sagte sie zu Schulz. Er reichte ihr das Handy nach hinten. „Hi“, rief sie in den Apparat, nachdem sie gewählt hatte. „Ich fahre mit Stavros und Manolis nach Heraklion. Warte heute nicht auf mich.“ Sie lauschte. „Nein, Ann ist nicht bei mir“, sagte sie dann. „Warum sollte Ann bei mir sein? Wir sind unterwegs in Sachen Ferienclub.“ Wieder lauschte sie. „Nein, ich weiß nicht, was die beiden vorhaben. Ich habe mich nur kurz entschlossen, mitzufahren.“

„Wir fahren zu Jannis. Er hat ein Restaurant aufgemacht. Am anderen Ende von Heraklion. Auf der Straße nach Chania“, rief Manolis.

„Hast du gehört?“ rief die Schwarze Witwe ins Handy. „Misttelefon“ sagte sie. „Jetzt ist sie weg. Dabei wollte ich ihr noch sagen, daß sie Frieda Bescheid gibt, weil die auch nicht weiß, wo ich bin.“

Stavros hielt am Ende des Dorfs vor dem Haus, in dem der Österreicher wohnte, und stieg aus. Er verschwand in der Tür und kehrte nach kurzer Zeit in Begleitung des Österreichers zurück. Schwungvoll stieg der Österreicher ein und prallte schockiert zurück, als er sah, wer neben ihm saß. „Was macht denn dieses Gfrast hier?“ fragte er Schulz.

„Sie ist eine gute Freundin meiner Frau. Wir müssen sie mitnehmen“, knurrte Manolis. „Außerdem hat sie inzwischen gar nichts mehr gegen euren Club, nicht wahr?“ Er sah die Schwarze Witwe eindringlich an. Die nickte stumm.

„Gestatten Sie, daß ich mich vorstelle, gnädige Frau", sagte der Österreicher. „Mein Name ist Ottokar Rieselberger. Chef des Planungsteams Aida-Ferienclub von der DTU. Wenn alles gut geht, steht der Club fix und fertig in zwei Jahren da. Wer weiß, vielleicht bekomme ich sogar die Leitung des Clubs, obwohl das ja nicht mein Gebiet ist. Aber mir gefällt es hier so narrisch gut. Haha. Viele Freunde habe ich hier schon. Haha." Er lachte gutgelaunt und im Gefühl, sich auf sicherem Terrain zu bewegen.

„Sehr erfreut, Herr Rieselberger", antwortete die Schwarze Witwe und hatte Mühe, nicht aus dem fahrenden Wagen zu springen. Sie lehnte sich zurück und schloß die Augen.

„Sie sind von hier?" fragte er, Konversation betreibend.

„Meine Mutter ist von hier", erwiderte sie müde.

„Oh, kenne ich sie vielleicht?" fragte er.

„Schon möglich" antwortete sie. „Sie heißt Kreta."

„Genau wie die Insel, hahaha", lachte Rieselberger. „Die Leute hier haben ja total komische Namen. Ich könnte mich zerwuzeln."

Die Schwarze blickte stumm aus dem Fenster. *Bis Heraklion sind knapp zwei Stunden Fahrt,* dachte sie. *Und dann müssen wir auch noch durch die ganze Stadt zum anderen Ende. Wie soll ich das aushalten mit diesem widerlichen Kolonialisten an meiner Seite und den zwei Spinnern da vorn, die Angst haben, jemand könnte über sie lachen, weil ich einen Herrenanzug trage, sie womöglich flachlegen, weil meine Erscheinung sie zu Schwulen macht. Warum ist Maria nicht mitgekommen? Oder Stacey? Oder Frieda?* Sie seufzte. *Oder Ann?* Sie schüttelte verwundert den Kopf. *Ann? Wieso Ann? Will ich was von ihr?* Sie horchte prüfend in sich hinein. *Nein, nein,* dachte sie. *Da regt sich gar nichts. Kein Herzklopfen, kein wohliges Gefühl im Bauch. Ann ist Ann.* Sie kratzte sich am Kopf. *Aber Stacey denkt, daß ich auf Ann stehe. Und ich denke, daß ich kein Paar mehr sein will. Nicht einmal mit Stacey. Soll Stacey also denken, ich wollte etwas von Ann. Dann wird sie wissen, daß ich symbiosenuntauglich bin. Das wird mir lange und mühsame Auseinandersetzungen ersparen. Auseinandersetzungen, die geeignet sind, daß sich meine liebevollen Gefühle für Stacey verflüchtigen wie ein Sturm über dem Wasser.* Sie seufzte wieder. *Warum haben wir nur diese fürchterlichen Probleme am Hals, sobald es um Liebe geht? Warum können wir nicht einfach einander begegnen, einander lieben, uns Freude und Lust schenken und einander auch wieder lassen?* Sie rutschte unruhig auf dem Sitz. *Weil wir im Außen anziehen, was uns im Inneren fehlt,* beantwortete sie sich ihre Frage und mußte grinsen. *Also signalisiert mein Herrenanzug, daß mir kein Herr fehlt, weil ich mir selber Herr genug bin.* Sie lachte leise vor sich hin. *Dabei trage ich Anzüge nur, weil sie so praktisch sind und weil man immer gut angezogen aussieht in diesen Dingern. Was haben die Trottel eigentlich. Ich sehe selbst in einem Herrenanzug aus wie eine Frau.*

„Was meinen Sie, gnädige Frau?“ hörte sie den Österreicher sagen.

Sie fuhr zusammen. „Wie bitte? Äh, ja, ich stimme zu“, sagte sie auf Verdacht.

„Seht ihr, sie sieht es genau wie ich“, trumpfte der Österreicher auf.

Während sein Redefluß weiterplätscherte, fiel sie in ihre Überlegungen zurück.

Wenn ich darauf bestehe, als unerträgliche Erscheinung akzeptiert zu werden, bin ich eigentlich nicht besser als dieser Kolonialist neben mir. Auch ich greife doch in dieses alte kretische Sozialgefüge ein und zerstöre, was ich angeblich zu hüten vorgebe. Wollte ich Kreta pur, müßte ich hinten im Hof bei den Frauen hocken und Stickereien anfertigen. Ich dürfte den Blick nicht heben, um die Männer nicht zu ermutigen, scharf auf mich zu sein. Ich dürfte allein keine Taverne besuchen und schon gar kein Cafenion. Als Lesbe wäre ich außerdem bereits so gut wie tot, gesteinigt und ins Meer geworfen. Also, was tue ich, wenn ich mich als sozialromantische Hüterin Kretas aufspiele. Im Grunde spiele ich doch nur das Spiel, das alle spielen. Die doofen Touristen sind immer die anderen. Wir selbst sind die einzigen, die ein Anrecht auf dieses Paradies haben. Der Geheimtip gehört uns. Die anderen sind die widerlichen Eindringlinge, die nicht zu schätzen wissen, wie man hier lebt.

„Welch ein Hochmut“, sagte sie laut.

„Das finde ich jetzt etwas übertrieben“, sagte der Österreicher. Die Schwarze Witwe sah ihn an. Offenbar nahm er ihre Äußerung für einen Kommentar zu irgend etwas, was er dahergeredet hatte.

„Wissen Sie, vielleicht ist Ihr scheußlicher Club doch noch zu etwas gut“, sagte sie. Nun war es an ihm, sie verwirrt anzuschauen. „Naja“ sagte die Schwarze. „Ich habe immer Aghios Nikolaos vor Augen, an dem wir gerade vorbeigefahren sind. Das war vor fünfzig Jahren ein kleines Fischerdorf, kleiner noch als das unsrige. Und schauen Sie es heute an. Die Leute nennen es Aghios Polemos, was soviel heißt wie Sankt Krieg. Ein Rummelplatz der Häßlichkeiten. Tausende wohnen hier und leben vom Tourismus. Hunderttausende Touristen pro Jahr walzen alles nieder. Ich habe einfach Angst, daß dies mit unserem kleinen Dorf auch geschieht. Aber andererseits ist es ja längst geschehen. Mit den ersten Fremden, die kamen, war es passiert. Und Ihr Club ist möglicherweise für die Frauen des Dorfes, ich meine vor allem für die jungen Frauen des Dorfes ein Segen. Sie erleben, wie andere Frauen aus anderen Ländern sind. Sie werden auch so sein wollen. Sie werden ihre Machos zu Hause nicht mehr wie Götter behandeln, denn sie haben Alternativen."

Sie sah, wie Stavros und Schulz Blicke tauschten.

„Meine Maria hat mich noch nie wie einen Gott behandelt", sagte Schulz.

„Ach was", widersprach die Schwarze. „Erst neulich hat sie dich Poseidon genannt. Sie ist eine selbständig handelnde und denkende Frau. Sie erzieht deine Töchter zu selbstbewußten freien Frauen. Das ist mehr, als du verdient hast."

„Meine Frau würde nie in den Club gehen", meinte Stavros.

„Deine vielleicht nicht, aber die Frau deines Sohnes bekommt vielleicht schon mit, daß es auch anders geht, als sie gelernt hat", wies ihn die Schwarze Witwe zurecht.

Der Österreicher verstand nicht wirklich, worum es ging. Aber er versuchte das passende Gesicht zu machen. Stavros starrte mit zusammengekniffenen Augen angestrengt in den Rückspiegel.

„Schau nicht so", sagte die Schwarze Witwe. „In mancher Hinsicht wird es Zeit, daß andere Zeiten kommen."

„Dagegen habe ich ja gar nichts", erwiderte Stavros. „Was mir Sorgen macht, ist, daß die ganze Zeit schon jemand hinter uns herfährt."

Die Schwarze Witwe drehte sich um und sah aus dem Rückfenster. „Es wollen halt außer uns noch andere Leute nach Heraklion", sagte sie und hätte beinahe hinzugefügt, daß es keinen Anlaß zu Besorgnis gäbe, da der Täter doch bei ihnen im Auto säße.

„Aber nein", widersprach Stavros. „Der fährt die ganze Zeit hinter uns. Wenn ich schnell fahre, fährt er auch schnell. Fahre ich langsam, fährt er langsam. Kennst du einen Griechen, der nicht überholt? Dieser hier überholt einfach nicht. Also verfolgt er uns, wenn du mich fragst."

Die Schwarze Witwe drehte sich wieder um und sah aus dem Rückfenster. „Vielleicht hat Rieselberger ja einen Bodyguard", frozzelte sie.

„Was? Bitte? Ich? Warum sollte ich einen Bodyguard haben?" widersprach Rieselberger und bemerkte die Boshaftigkeit der Bemerkung nicht.

„Naja, ein Mann in Ihrer Position lebt doch nicht ungefährlich", gab die Schwarze zu bedenken. „Kreta ist eine wilde Insel. Da ist man schnell mal in einem Konflikt, der mit Vendetta endet. Also ich an Ihrer Stelle hätte da längst einen Bodyguard."

Rieselberger schaute leicht geschmeichelt. „Finden Sie?" fragte er zurück. „Daran habe ich noch gar nicht gedacht. Was ist Vendetta?"

„Blutrache", sagte die Schwarze ungerührt. „Kreta ist wie Korsika und Sardinien einer dieser wilden Plätze in Europa, wo es ganz alttestamentarisch Auge um Auge, Zahn um Zahn geht."

Der Österreicher lachte abwehrend. „Gehn's, heutzutage? Das kann ich mir nicht vorstellen."

„Ihre Vorstellungskraft ist dazu nicht notwendig", erwiderte die Schwarze.

Stavros gab plötzlich Gas und beschleunigte derart, daß es die Schwarze Witwe in die Rückpolster preßte.

„Stavros, Stavros", schrie sie. „Fahr langsamer. Wir wollen doch heil ankommen."

Stavros beschleunigte weiter. „Den Kerl häng ich ab. Das wollen wir doch sehen, wer mir da am Auto klebt."

Wieder schaute die Schwarze durch das Rückfenster. „Es ist ein Motorrad“, sagte sie.

„Das sehe ich selbst“, knurrte Stavros. „Die sind eine Pest der neuen Zeit, sage ich dir“, schimpfte er vor sich hin. „Zu Hause haben sie ein Fahrrad, und hier mieten sie sich dann großartig eine schwere Maschine, mit der sie die alten Großmütter erschrecken.“

„Ich hoffe, du meinst nicht mich damit“, warnte ihn die Schwarze. „Ich bin nicht so leicht zu erschrecken.“

„Na, dann kann ich ja noch etwas zulegen.“ Stavros drückte noch einmal auf das Gaspedal.

„Hör auf“, rief die Schwarze. „Jetzt erschreckst du mich alte Großmutter.“

Stavros lachte. „Hast ja recht“, lenkte er ein und wurde wieder langsamer. „Das ist nichts für unser Alter. Soll er uns doch verfolgen, der Motorradfahrer.“

„Genau“, sagte die Schwarze. „Soll er doch. Kann jeder wissen, wohin wir fahren.“

„Ich frage mich nur, was er von uns will“, grübelte Manolis. Sie hatten die Außenviertel von Heraklion erreicht, so daß sie gezwungen waren, langsam zu fahren.

Die Schwarze sah wieder aus dem Rückfenster. „Es sind zwei, die drauf sitzen“, verkündete sie.

„Ob einer oder zwei, ich will wissen, was die von uns wollen“, brummte Schulz.

„Sagen Sie, Rieselberger“, begann die Schwarze. „Werden Sie nun das Gelände kaufen, das Teresa gehört hat?“

Rieselberger schüttelte den Kopf. „Nein, das werden wir nicht“, sagte er.

„Nicht?“ staunte die Schwarze.

„Nein“, erwiderte er fröhlich. „Weil wir es schon längst gekauft haben von der Frau Stratos. Es ist unser Land gewesen, auf dem es gebrannt hat.“

Für eine ganze Weile konnte die Schwarze Witwe sich nicht fassen. „Aber Teresa hatte ja noch dort gewohnt“, meinte sie.

„Nein“ widersprach Rieselberger. „Sie hatte längst ein neues Haus im Süden Kretas gekauft. Und noch mehr Land als hier. Hat ja auch genug verdient mit uns. Die Summe will ich Ihnen lieber nicht nennen, die die DTU für das Gelände hingelegt hat. Davon kann sich die Stratos mehr als nur goldene Löffel kaufen.“ Er nickte selbstgefällig. „Konnte, meine ich selbstverständlich. Sie weilt ja nicht mehr unter uns, die Ärmste.“

„Dann verstehe ich aber vieles nicht“, sagte die ziemlich verdatterte Schwarze Witwe. „Was hat Teresa denn dort bei ihrem Haus gemacht?“

Rieselberger hob die Schultern. „Keine Ahnung“, sagte er. „Es war ja gar nicht mehr ihr Haus. Sie war ja schon ausgezogen.“

Sie passierten den Flughafen. „Hier gehört eigentlich auch mal was Größeres hin“, bemerkte Rieselberger, und die Schwarze Witwe mußte an sich halten, um nicht ausfallend zu werden.

Denk dran, er verkörpert etwas, das auch in dir schlummert und das du zum Kotzen findest, sagte sie stumm zu sich. *Wer weiß, wie du wärst, wenn du so einen Job hättest. Wahrscheinlich auch ein richtiges Ekel. Das ist doch die zweite Stufe der Bewußtheit, da gehen wir alle durch. Auf der ersten widerfahren uns die Schicksalsschläge, die wir nicht verstehen, sondern nur erleiden. Das habe ich nun endgültig hinter mir. Auf der zweiten spielen wir selbst das Machtspiel. Das will ich gar nicht so genau wissen, aber eigentlich ist meine Jagd auf Mörder nichts anderes als das Machtspiel Gut gegen Böse. Und auf der dritten erlösen wir uns selbst, indem wir die Welt von*

Gut und Böse loslassen und unsere eigene Zerbrechlichkeit akzeptieren. Ich frage mich nur, was dann kommt.

„Paß auf, jetzt hänge ich ihn ab", rief Stavros. „Ich kenne eine raffinierte Abkürzung. Da kann er nicht mithalten." Er blinkte links und bog dann plötzlich scharf rechts ab. „Ha!" rief er. „Jetzt ist er weg, der Hund"

„Was für ein Hund?" murmelte die Schwarze Witwe.

„Na, der Motorradfahrer", erwiderte Stavros.

„Männer", sagte die Schwarze, ihr Ton sagte alles.

Kurz darauf erreichten sie die Straße nach Chania, nicht ohne Hupen, Blinken und wüste Schimpfereien, was nur der Österreicher als etwas Besonderes empfand.

„Warum fahren wir eigentlich so weit, um ein bißchen was zu essen?" wollte die Schwarze Witwe wissen.

„Jannis ist ein alter Freund von uns", erklärte Schulz. „Er hat sein neues Restaurant gestern eröffnet. Da hat er uns eingeladen. Unser Freund", er zeigte im Rückspiegel auf Rieselberger, „der liebe Otti ist auch eingeladen, damit er das kretische Leben so richtig genießen kann. Bei der Gelegenheit können wir auch in Ruhe darüber reden, woher der Club hunderttausend Tonnen Sand kriegt."

Otti nickte strahlend und fühlte sich offenbar als gewiefter Insider.

Die Schwarze Witwe riß die Augen auf. „Was kriegt? Sand kriegt? Wozu Sand?"

„Das ist doch ganz einfach." Schulz versuchte sich an einem Pokerface. „Ein Ferienclub ohne Sandstrand ist kein richtiger Ferienclub. Und bei uns gibt es leider nur den groben Kieselstrand. Da läßt die DTU unzählige Tonnen Sand heranfahren, damit die Touristen am Sandstrand liegen können."

„Allmächtige Mutter", sagte die Schwarze Witwe. „Warum geht die DTU nicht dahin, wo genug Sand am

Strand herumliegt. Aber das wäre wahrscheinlich zu einfach. Den Sand an den Kieselstrand zu karren, gibt wieder fünf Managern eine Existenzberechtigung. Ich glaube, ich brauche langsam ein Glas Wein. Das ist eine Menge, was ich da auf einmal zu verkraften habe."

„Wir sind gleich da", sagte Stavros. „Und kein Motorradfahrer mehr hinter uns", fügte er voller Stolz hinzu.

„Bist ein richtiger Fuchs, Stavro", sagte die Schwarze.

„Wie kommt es eigentlich, daß man bei dir nie sicher ist, ob du das als Lob meinst?" fragte Stavros.

„Das liegt daran, daß mich meine Mutter zu spät zu loben begonnen hat. Ich hab's nie gelernt", erwiderte die Schwarze Witwe. „Oder fünfunddreißig Jahre zu spät."

„Und wieder weiß ich nicht, ob du uns nicht veralberst", sagte Stavros.

„Wenn ich das selber nur immer so genau wüßte", sagte die Schwarze. „Sieh zu, daß du Jannis' Laden bald findest. Ich habe Hunger und vor allem Durst. Und dann schaut beide, daß euch die warmen Brüder nicht erwischen. Am besten geht ihr gar nicht erst aufs Klo."

„Frauen", sagte Schulz, und sein Ton sagte alles.

„Das verstehe ich nicht", sagte die Schwarze Witwe. „Ich wäre froh, wenn ich einen Sohn hätte, der schwul ist." Die beiden Männer schauten, als stünde das leibhaftige Böse vor ihnen. „Komisch", sagte die Schwarze. „Daß ich eine Lesbe bin, findet ihr nicht weiter wichtig. Da seid ihr richtig großzügig und tolerant. Immerhin bin ich eure alte Freundin. Aber sobald es um die eigenen Kinder geht, werden alle kleinlich."

Die beiden Männer schwiegen in offensichtlicher Überforderung. „Oder um den eigenen Hintern", ergänzte die Schwarze.

„Ich will zu meiner Frau", rief Manolis.

„Habe ich dir doch immer gesagt. Maria ist die Beste", ergänzte Stavros.

„Ist sie auch", bestätigte die Schwarze. „Dahinten ist ein Parkplatz."

Stavros steuerte den Parkplatz direkt vor Jannis' Laden an. Daneben war ein rotes Motorrad geparkt.

„Vielleicht ist das unser Verfolger", verkündete die Schwarze fröhlich. „Hat uns am Ende doch noch überholt." Sie erntete einen vernichtenden Blick von Stavros.

Jannis' neues Geschäft entpuppte sich als ein aufgemotzter Fleischgrill mit wasserblau gestrichenen Wänden und greller Neonbeleuchtung, die sogar Claudia Schiffer wie einen magenkranken Vampir hätte aussehen lassen. Außer Pommes frites und Salat gab es nichts, das eine Vegetarierin hätte zu sich nehmen können. Ansonsten standen Lamm, Kaninchen und Zicklein auf der Speisekarte, wenn es eine gegeben hätte.

Ein wenig betrübt bestellte die Schwarze Pommes mit Salat und hoffte, daß wenigstens der Wein für diesen oralen Frust entschädigte. Sie saßen am besten Tisch genau in der Mitte des Lokals inmitten einer gewaltigen Duftwolke von gegrilltem Fleisch. Stavros wie Manolis begannen das Spiel „Besonders-wichtiger-Gast-des-Hauses", unterlegt mit ein wenig Wir-kennen-uns-aus-uns-kann-man-nichts-vormachen-Gehabe. Otti versuchte, nicht sofort als Ausländer, der sich nicht auskennt, erkannt zu werden. Und die Schwarze genoß nach den ersten Schlucken Wein die offenen und versteckten Blicke, die ihrem ungewöhnlichen Outfit galten.

„Jetzt muß ich Sie doch noch ein paar Dinge fragen, die ich unbedingt wissen muß", wandte sie sich an Rieselberger.

„Bitte, fragen Sie", sagte er höflich.

„Sie sagten, das Gelände habe bereits Ihnen gehört, als es gebrannt hat."

Er nickte.

„Ja, haben Sie denn landwirtschaftliches Gelände in Griechenland kaufen können?" Sie versuchte sich in einem naiv-koketten Ton.

„Na ja, nicht direkt", erwiderte Rieselberger.

„Sie haben also einen Strohmann?" Wieder schaute sie drein, als sei sie so harmlos wie ihr Tonfall.

Rieselberger räusperte sich ausführlich. „Nicht direkt, also, na, wie soll ich sagen, eine Art von Strohmann, ja." In seinem Gesicht drückte sich die Hoffnung aus, sie möge nicht weiterfragen.

Die Schwarze fragte aber weiter, ihre Neugier war einfach größer als ihre Sensibilität für die verletzliche Seele eines Projektmanagers aus der Tourismusbranche. „War es besser für Sie, daß es erst gebrannt hat, nachdem das Gelände Ihnen gehört?" bohrte sie, so neckisch, wie ihr dies überhaupt möglich war.

„Im Grunde ja", sagte er. „Wir haben lange überlegt, ob wir das Risiko eingehen, das ein Strohmann mit sich bringt. Ich meine, was ist, wenn er die Behörden auf seine Seite zieht und sich gegen uns stellt? Wir hätten Unsummen verloren. Aber dann habe ich mir gesagt: No risk no fun. Das habe ich auch der Geschäftsleitung klarmachen können. Jetzt haben wir sogar doppelt profitiert, durch das Feuer ist das Gelände mehr als das Zehnfache wert."

„Das Zehnfache", wiederholte die Schwarze Witwe. „Da lohnt es sich ja direkt, mal so ein wenig zu zündeln."

Rieselberger starrte sie empört an. „Wo denken Sie hin? Sie haben neulich schon mal so häßliche Andeutungen gemacht. Glauben Sie etwa, wir hätten das Feuer gelegt?"

„Sagen wir mal so“, erwiderte die Schwarze Witwe. „Für das Zehnfache des ursprünglich gezahlten Preises, und das innerhalb weniger Wochen ohne Arbeit und Investitionen, tut so mancher manches, nicht?“

Rieselberger schob sich eine Gabel voll Lammfleisch in den Mund und begann heftig zu kauen.

„Schaun Sie, schaun Sie“, sagte sie. „Sie fressen ja sogar kleine Kinder.“ Und als er die Augen aufriß, weil er den Mund so voll hatte, daß er weder sprechen noch schlucken konnte, setzte sie nach: „Schafkinder natürlich. Aber Leichenteile sind es schon. Leichenteile von kleinen Kindern. Stellen Sie sich vor, wie die Lämmer in ihrer Todesangst geblökt haben, als ihr Mörder mit dem Messer kam.“

Ottokar Rieselberger konnte die durchgekauten Fleischfasern in seinem Mund nicht mehr halten und begann intensiv zu husten, bis die Fleischfasern Stavros und Schulz um die Ohren flogen.

„Ihr seid kein schöner Anblick“, sagte die Schwarze. „Geht aber besser trotzdem nicht aufs Klo.“

Rieselberger stand auf und stürzte, sich die Serviette vor den Mund haltend, zu den sanitären Anlagen.

„Ui“, sagte die Schwarze. „Nun erwischt es unseren Otti. Vielleicht knöpft ihn sich ja so ein großer starker...“

„Sei still“, sagte Schulz und säuberte sich halbwegs mit der Serviette. „Sonst halte ich dir den Mund zu.“

„Schau lieber dahinten hin“, sagte die Schwarze. „Wer da noch Jannis Gast ist.“

Die beiden Männer drehten sich um, um zu sehen, wen die Schwarze Witwe meinte. Ganz hinten in der Ecke sahen sie Panos, den Lebenskünstler, mit Michalis, seinem Cousin, dem Pleitier aus Deutschland, in feinster Motorradkluft an einen Tisch treten, an dem zwei Männer saßen, die eher wie Herren aussahen, wenn auch wie weniger feine, eher böse Herren.

„Das sind die zwei, die ich heute vom Flughafen abgeholt und ins Dorf gebracht habe", flüsterte Stavros. „Sie wohnen im Sophia. Ich habe mir gleich gedacht, daß das keine normalen Touristen sind. Deutsche", ergänzte er.

„Und die beiden sind Panos und Michalis", flüsterte die Schwarze. „Von denen ich nie etwas gehalten habe."

„Du hast doch noch nie von irgendeinem Mann etwas gehalten", sagte Schulz.

„Ich bin die Antwort der Frauen auf den Berg Athos", erwiderte die Schwarze.

„O Gott", sagte Schulz.

„Paß auf, daß die Göttin deinen Gott nicht erwischt. Ich bin sicher, sie hätte ein paar unangenehme Fragen an ihn, besonders was den Berg Athos angeht", konterte sie.

„Sieh mal, wie die beiden zu uns herüberschauen mit diesem miesen Blick." Stavros grüßte hinüber. „Sie hat recht. Die ganze Familie von Panos ist ungut. Das war ein dunkler Augenblick für unser Dorf, als die ankam."

„Was willst du damit sagen?" erkundigte sich die Schwarze Witwe. „Die sind gar nicht von hier, ich meine aus dem Dorf?"

Stavros schüttelte den Kopf. „Nein. Sie sind vor fünfzig Jahren aus Sitia gekommen und haben im Dorf ein Haus gebaut. Seither wohnen sie dort. Man munkelt, daß sie Sitia aus Sicherheitsgründen verlassen haben. In was die Familie damals auch verwickelt gewesen sein mag, sie können darin keine rühmliche Rolle gespielt haben. Keine andere Familie hat jemals mit ihnen Freundschaft schließen können. Als Michalis nach München ging, um dort ein Geschäft aufzumachen, hat er uns nicht gefehlt."

„Also im Grunde Wildfremde", witzelte die Schwarze.

„Hm“, bestätigte Stavros. „Willst du nicht doch von diesem Fleisch kosten? Es ist ganz zart.“

Die Schwarze schüttelte den Kopf. „Vielen Dank, nein,“ sagte sie und beobachtete Ottokar Rieselberger, der auf dem Weg von der Toilette zum Tisch an Panos und Michalis vorbeikam. Er grüßte kurz, und die Schwarze Witwe hatte den Eindruck, als sei er überrascht, die beiden hier zu sehen.

„Wer ist eigentlich Ihr Strohmann?“ erkundigte sie sich unverblümt, nachdem er sich wieder gesetzt hatte.

„Stephanos, der Baumeister“, erwiderte er zögernd.

„Dann hat die alte Maria ja wirklich beste Aussichten auf eine Zentralheizung im kommenden Winter“, meinte die Schwarze Witwe.

„Na und? Ist das schlecht?“ lautete seine Antwort.

„Nein“, knurrte sie.

„Alle sollen was davon haben, daß der Club kommt“, meinte er aufgeräumt. „Trinken wir also auf den Club.“

Alle hoben ihre Gläser und prosteten ihm zu. Allerdings entging es seiner Aufmerkamkeit, daß alle drei nicht tranken und ihre Gläser wieder auf den Tisch stellten.

„Hi“, sagte eine wohlbekannte Stimme hinter der Schwarzen Witwe. Sie fuhr herum und erblickte Stacey und Frieda. Beide trugen Lederanzüge und hatten einen Motorradhelm unter dem Arm. Die Schwarze Witwe hätte nicht blöder dreinschauen können, wenn Schulz plötzlich Frauenkleider getragen hätte.

„Wo kommt ihr her?“ fragte sie. „Wo habt ihr das her?“ Sie wies auf Helm und Kluft.

Stacey strahlte. „Das war gar nicht so einfach. Wenn Maria nicht gewesen wäre, hätten wir es nicht geschafft. Sie hat uns das Motorrad und die Kluft beschafft und den

Weg beschrieben. Die Dinger kann man mieten. Ungefähr auf der Höhe von Aghios Nikolaos hatten wir euch eingeholt. Ist eine tolle Maschine."

„Ich weiß", antwortete die Schwarze noch immer fassungslos. „Eine Maschine, um alte Großmütter in Angst und Schrecken zu versetzen."

Stavros starrte die beiden an. „Habt ihr uns verfolgt?"

Stacey strahlte. „Irgendwann in Heraklion habt ihr uns abgehängt. Aber ihr seht – ich habe euch gefunden." Sie öffnete ihre Motorradkluft. „Ist Ann auf dem Klo?"

„Das darf nicht wahr sein", sagte die Schwarze. „Willst du damit sagen, daß du mir die ganze Zeit gefolgt bist, weil du dachtest, Ann wäre bei mir?!"

Stacey schaute zu Boden. „Nein", sagte sie.

„Ja", sagte Frieda. „Sie hat dir nicht geglaubt."

Die Schwarze Witwe schnaubte. „Sagt dir das Wort Eifersucht eigentlich etwas?" fauchte sie.

„Ich habe Hunger", sagte Frieda.

„Jetzt schau dir das an", fauchte die Schwarze. „Du hetzt die alte Frau auf einem Motorrad durch die Macchia. Was da hätte passieren können. Frieda ist noch nie Motorrad gefahren. Und alles nur, weil du eifersüchtig bist. Und wir wunderten uns, wer uns verfolgt. Noch ist derjenige nicht gefunden, der uns in Teresas Keller gesperrt hat."

Frieda nestelte umständlich an ihrer Motorradkluft, in der sie so passend aussah wie Rieselberger im Tutu.

„Jetzt laß das, ich mach dir den Reißverschluß schon auf", knurrte die Schwarze.

„Danke", sagte Frieda. „Es ist allein schon schwer genug. Außerdem hat es mir Spaß gemacht. Wir sind auch gar nicht durch die Macchia gefahren, sondern auf der Straße."

„O Frieda", sagte die Schwarze Witwe.

„Wie riecht es denn hier?“ fragte Stacey.

„Wir befinden uns im Herzen des Bösen“, sagte die Schwarze Witwe. „E gibt nur gebratene Leichenteile.“

Rieselbergers Gesichtsfarbe wechselte wieder in ein leichtes Grün.

„Also die Pommes-Salat-Diät“, vermutete Stacey.

„Genau“, sagte die Schwarze. „Im übrigen solltest du mit der Wasser-und-Brot-Diät bestraft werden. Oder Leichenteile essen.“

„Hören Sie auf“, stöhnte Rieselberger. „Ich werde nie wieder Schnitzel essen können.“

„Das ist sowieso ungesund“, stellte die Schwarze Witwe ungerührt fest.

„Was meinen Sie eigentlich damit, Sie wären in einen Keller gesperrt worden?“ fragte Ottokar Rieselberger.

„Sie kennen doch das Haus von Teresa Stratos“, sagte die Schwarze Witwe. „Schließlich gehört es Ihnen, zumindest was davon noch übrig ist. Nun, dieses Haus verfügt über einen Keller, in den hat uns jemand eingesperrt.“ Sie beobachtete die Mimik Rieselbergers ganz genau. „Ja, eingesperrt! Gerade als wir in den Keller hinabgestiegen waren, um uns umzuschauen, hat jemand über uns die Tür geschlossen und mit Betonbrocken beschwert.“

„Nein“, sagte Rieselberger fassungslos. Die Schwarze hätte nicht sagen können, ob es sich um echte oder gespielte Fassungslosigkeit handelte.

„Ich nenne so etwas einen Mordversuch“, setzte sie nach.

„Ich habe immer geglaubt, Kreta sei eine ausgesprochen friedliche Insel, auf der nette und freundliche Menschen wohnen. Die griechische Gastfreundschaft ist doch sprichwörtlich“, sagte Rieselberger.

„Ist sie auch, ist sie auch“, rief Schulz.

„Von wegen“, sagte die Schwarze Witwe. „Lassen Sie sich nichts vormachen, Rieselberger. Kreta ist nicht Griechenland. Griechische Gastfreundschaft mag es anderswo geben. Auf Kreta lebt ein eher zurückhaltender Menschenschlag, der sich nicht jedem an den Hals wirft.“

„Wir haben Charakter“, sagte Stavros.

„Und Stolz“, sagte Schulz.

„Und Hunger“, sagte Frieda. „Gibt es keinen Fisch?“

„Nein“, faßte die Schwarze Witwe zusammen. „Nur Pommes.“

„Was wollten Sie denn in dem Keller?“ fragte Ottokar Rieselberger.

Die Schwarze Witwe bemühte sich, nicht paranoid zu reagieren und aus seinem Tonfall etwas herauszuhören, das möglicherweise gar nicht vorhanden war. Sie fütterte die hungrige Frieda mit Pommes und sagte sich, daß der Österreicher ein ganz normaler Mensch war, der nur versuchte, seinen Job ordentlich zu machen.

„Wissen Sie eigentlich, wie Teresa Stratos umgekommen ist?“ fragte sie, um ihn mit dieser Direktheit möglicherweise in Verlegenheit zu bringen, so daß sie wieder beginnen konnte, ihrer Spürnase zu trauen.

„Ja“, sagte er. „Sie wurde erschossen.“

Wieder verschlug es ihr die Sprache.

„Ich dachte, das wußten Sie?“ sagte Rieselberger.

„Das glaube ich nicht“, sagte die Schwarze Witwe.

„Liebe gnädige Frau“, sagte Rieselberger. „In Fragen des Todes mag so manches eine Frage des Glaubens sein. In diesem Fall müssen wir uns trotzdem an die Fakten halten.“

„Fakten“, wiederholte sie. „Woher haben Sie diese Fakten?“

„Von der Gerichtsmedizin in Athen“, erklärte er.

„Siehst du“, dröhnte Schulz und schlug Rieselberger auf die Schulter. „Siehst du, wie gut es ist, Otti in unserer Mitte zu haben. Da wissen wir immer gleich Bescheid.“

„Allerdings“, sagte die Schwarze Witwe verstört.

„Schauen Sie“, sagte Rieselberger. „Die Tote kam auf unnatürliche Weise ums Leben. Darum war es klar, daß die Staatsanwaltschaft ermittelte. Diese hat natürlich auch bei mir und der DTU ermittelt. Unsere Anwälte in Athen bekamen Akteneinsicht, und daher weiß ich es.“ Er wirkte jetzt richtig lässig, was die Laune der Schwarzen Witwe nicht unbedingt verbesserte.

„Dann wissen Sie vielleicht auch, ob Brandstiftung vorlag?“ Sie fiel unbewußt in die Amtssprache.

„Ich glaube, das weiß man noch nicht genau. Aber sie gehen davon aus, daß keine Brandstiftung vorlag“, antwortete Rieselberger.

„Keine Brandstiftung“, murmelte die Schwarze Witwe.

„Wie gesagt“, sagte er. „Es ist noch nicht sicher, aber wahrscheinlich.“

Die Schwarze Witwe nickte langsam. „Keine Brandstiftung“, wiederholte sie.

„Was soll's?“ setzte er nach. „Uns hat das einen Riesengewinn eingebracht. Wir können den Club bauen, denn nun wird landwirtschaftliche Fläche zu Bauland. Zufälle gibt's, die gibt's gar nicht.“

„Bis heute habe ich an eine im Grunde gerechte Welt geglaubt“, murmelte die Schwarze Witwe.

„Ist das nicht ein wunderschöner Abend?“ rief Rieselberger in aufgeräumter Stimmung. „An diesen Abend werden wir uns noch lange erinnern. Ach, was sage ich, noch unsere Enkel werden davon reden.“

„Sieht ganz so aus“, sagte die Schwarze Witwe mit düsterer Miene.

„Was ist denn mit Ihnen, gnädige Frau?“ rief Rieselberger. „Sie sehen so mitgenommen aus.“

„Mir ist gerade mein Weltbild zusammengeklappt.“

„Wie meinen?“ fragte Rieselberger.

„Der Helfer ist im Grunde selbst schwach und unsicher“, sagte sie. „Wußten Sie das?“

„Wer sagt das?“ dröhnte Schulz.

„Meine Mutter“, sagte die Schwarze Witwe.

„Die alte Kreta?“ fragte Rieselberger.

„Nein“, sagte die Schwarze Witwe mit matter Stimme. „Das hat mir die alte Athena gesagt, meine leibliche Mutter. Kreta, meine wahre Mutter, spricht durch sie zu mir. Und das auch nur im Traum.“

Schulz machte hinter ihrem Rücken den anderen ein Handzeichen, mit dem er bedeutete, daß sie durchgeknallt sei. „Ich muß auf's Klo“, sagte er und stand auf.

„Paß auf dich auf“, riet die Schwarze Witwe müde und eigentlich gar nicht mehr zu Scherzen aufgelegt.

13

„Ich sollte ihm zur Strafe alle drei Pudel geben“, sagte die Schwarze Witwe in Staceys Armen.

„Arme Maria“, meinte Stacey.

„Das ist sein Glück. Weil er diese Frau hat, bleibt er von vielem verschont“, erwiderte die Schwarze Witwe schon ein wenig schlaftrunken.

„Was ist denn passiert?“ wollte Stacey wissen.

„Ich habe lernen müssen“, sagte die Schwarze.

„Was denn?“

„Daß ich ein Volltrottel bin“, antwortete die Schwarze.

Stacey lachte leise. „Komm, sag schon.“

„Der Österreicher behauptet zuverlässig zu wissen, daß der Olivenhain nicht angezündet wurde“, murmelte sie. „Und Teresa ist nicht in ihrem Haus verbrannt, weil es ihr erstens gar nicht mehr gehört hat und zweitens wurde sie erschossen.“

Stacey richtete sich auf und sah ihrer Liebsten ins Gesicht. „Aber die Leiche war doch verkohlt, also muß sie im Feuer gewesen sein.“

„Das nehme ich auch an“, sagte die Schwarze „obwohl mich gar nichts mehr wundern würde. Vielleicht hat sie sich selbst erschossen, dann den Hain angezündet, darin ist sie verbrannt und anschließend ins Meer gesprungen.“

„Du hast vergessen, daß sie außerdem noch in diesem Zustand die Kellertür über uns geschlossen und mit Beton beschwert hat“, setzte Stacey hinzu.

„Genau“, sagte die Schwarze. „Das hat sie auch noch gemacht. Wenigstens saß die Leiche nicht auch noch auf dem Motorrad, das uns verfolgt hat, sondern meine eifersüchtige Geliebte.“

„Tut mir leid“, murmelte Stacey.

„Mit Sicherheit nicht“ sagte die Schwarze Witwe. „Das tut dir ganz und gar nicht leid.“

„Stimmt“, lachte Stacey. „Ich bin nun mal ziemlich eifersüchtig. Und dann tu ich die verrücktesten Sachen.“

„Das habe ich mir immer schon gewünscht“, sagte die Schwarze Witwe. „Eine eifersüchtige Geliebte. Es muß auch leichtere Wege geben, sich das Leben schwer zu machen.“ Sie rollte sich auf den Bauch in ihre Schlafposition.

„Ich frage mich, wie es weitergehen soll. Es ist nicht möglich, daß wir die Dinge auf sich beruhen lassen, nur weil sich unsere Annahmen als falsch herausgestellt haben", überlegte Stacey.

„Ich sollte die Finger von diesen Dingen lassen", murmelte die Schwarze Witwe. „Wie du siehst, bin ich inzwischen offenbar nicht mehr in der Lage, logische Schlüsse zu ziehen. Außerdem muß ich mich fragen, ob ich nicht Wichtigeres zu tun habe, als mich in Angelegenheiten zu mischen, die nicht meine sind, wie Maria sich auszudrücken pflegt."

Stacey starrte an die Decke und sagte nachdenklich: „Was bitte sind die wichtigen Dinge, die du zu tun hast?"

„Ich treffe mich morgen nach dem Frühstück mit Ann. Sie hat versprochen, mich mit auf die Insel zu nehmen und mir zu zeigen, wie weit sie mit den Ausgrabungen sind."

„Ich komme mit", sagte Stacey und wartete, wie die Schwarze Witwe reagieren würde. Aber von der Frau an ihrer Seite waren nur nur noch regelmäßige Atemzüge zu hören, die anzeigten, daß sie eingeschlafen war. „Schlaf gut, Darling", sagte Stacey. „War auch ein langer Tag."

„Tzzzzz", sagte die Schwarze Witwe.

14

Frieda schaukelte in ihrer blauen Nußschale um die Ostseite der kleinen Insel herum und genoß die rosagelbe Morgensonne, die ihr ganz allein gehörte. Noch immer fühlte sie, daß sich etwas zusammenbraute. In der Morgendämmerung war sie bis zu Aphrodites Pool gefahren und hatte Ausschau gehalten. Sie konnte spüren, wie

Teresa Stratos' Lebensenergie noch immer an diesen Ort gebunden war, der in seiner verbrannten Trostlosigkeit wie eine offene Wunde wirkte. Sie wußte, Mutter Kreta erwartete, daß die Geschichte ins Rollen kam. Die Geschichte, die sie alle nicht kannten, die jedoch dazu geführt hatte, daß die Gewalt eskalierte und das Leid in der Welt gehalten wurde. Aphrodites Pool lag still und unbewegt da. Nichts geschah, dennoch schien alles zu erwarten, daß etwas passierte. Sie stellte sich vor, wie es in zwei Jahren hier aussehen würde, wenn viele kleine Bungalows, ein Tennisplatz, Restaurants und ein großer Swimmingpool das Bild bestimmten und der schroffe Kieselstrand zum sanften Sandstrand geworden wäre. Da war sie dann lieber wieder abgedreht.

Nachdem sie die Insel umrundet hatte, kam das Dorf in Sicht. Das Gefühl von Verdichtung, das sie ergriff, war so intensiv, daß sie sich zusammenkrümmen mußte. Sie wartete ab, bis der Zustand sich legte, und tuckerte auf das noch stille Dorf zu. Sie legte an der kleinen Mole an und vertäute ihre Nußschale, langsam und sorgfältig wie immer und als hätte sie in ihrem Leben nie etwas anderes getan. Dann stieg sie mit der Langsamkeit alter Menschen, die es nicht mehr eilig haben, die Stufen zu Georgis Taverne hinauf.

„Hallo, meine Alte", sagte die Schwarze Witwe, die auf der Bank saß.

„Du wirst etwas unternehmen müssen", sagte Frieda.

„Ich glaube, ich unternehme lieber gar nichts mehr", sagte die Schwarze. „Ich habe keine Übersicht, und außerdem weiß ich nicht, ob mich das alles überhaupt etwas angeht."

„Sei nicht albern", sagte Frieda. „Du mußt herausbekommen, wer uns in den Keller gesperrt hat."

„Warum?“ fragte die Schwarze.

„Weil das nicht so einfach in der Welt bleiben kann“, sagte Frieda. „Wir werden uns unser Leben lang fragen, wer uns das angetan hat. Das bindet unsere Kräfte an dieses scheußliche Ereignis.“

Die Schwarze Witwe nickte nachdenklich. „Ich weiß nur nicht, was ich tun soll, Frieda“, sagte sie. „Wo soll ich ansetzen? Alles, was ich wahrgenommen habe, war in Wahrheit ganz anders.“

„Das gibt's“, sagte Frieda. „Ich kenne das.“

„Ich habe den Eindruck, daß ich mein ganzes Sein umkrempeln müßte“, lamentierte die Schwarze Witwe.

„Das macht doch nichts“, erwiderte Frieda. Die Schwarze Witwe starrte sie verdutzt an. „Ich meine, ich habe auch mein ganzes Sein umgekrempelt. Und es gefällt mir sehr gut“, sagte Frieda. „Du solltest es ruhig mal probieren.“

Die Schwarze lachte. „Erst brauche ich einen Kaffee, und dann treffe ich mich mit Ann, und wenn ich dann noch Zeit habe, werde ich darüber nachdenken.“

„Tu's lieber gleich“, sagte Frieda. „Ich hole den Kaffee, und du beginnst schon mal mit dem Nachdenken.“

„In Ordnung“, sagte die Schwarze Witwe und lehnte sich zurück. Als Frieda mit zwei Bechern dampfenden Kaffees zurückkehrte, grinste die Schwarze Witwe vergnügt vor sich hin. „Du hast vollkommen recht“, sagte sie. „Ich habe mich eben gefragt, was wahre Freiheit ist.“

Frieda stellte die beiden Becher auf den Tisch, ihr Lächeln schien aus den Tiefen ihrer Seele aufzusteigen. „Freiheit ist, wenn ich mit meinem Boot auf dem Meer bin“, sagte sie.

„Das glaube ich dir, Frieda“, sagte die Schwarze. „Und das, was du da fühlst, ist reine Gegenwart.“

Frieda nickte.

„Alles Bedrückende aus deinem Leben ist dann nicht mehr so wichtig wie dein Sein in diesem Moment des Lebens."

Frieda nickte wieder. „Stimmt."

„Weil deine Seele nicht mehr an Ereignisse und Personen gebunden ist."

„Richtig", sagte Frieda. „Außer den Zwergen, die sind dabei."

„Gut", sagte die Schwarze. „Außer den Zwergen. Wenn ich dies nun auf mein Leben übertrage, dann binde ich mich an Ereignisse wie den Waldbrand oder den Mord an Teresa Stratos, und das heißt, ich bin unfrei. Meine Versuche, mich zu befreien, bestanden bisher darin, die Täter zu finden. Ich kann jetzt den Mörder und Brandstifter finden, aber die Frage ist, ob ich dadurch von diesen schrecklichen Ereignissen frei bin."

„Macht es dir etwas aus, wenn ich es nicht verstehe?" fragte Frieda.

„Nein", sagte die Schwarze Witwe. „Laß mich nur einfach weiterreden, ich kann laut besser denken als leise."

„In Ordnung." Frieda trank einen Schluck. „Hier, trink was." Sie schob der Schwarzen den Becher zu.

Die trank ebenfalls einen Schluck. „Ich bin erst frei, wenn Gut und Böse keine Rolle mehr spielen. Dazu muß es einen Ausgleich zwischen Gut und Böse geben. Das heißt, das Gute muß ein bißchen böse werden. Das Böse ein bißchen gut. Dann gibt es weder das eine noch das andere. Statt dessen gibt es Freiheit." Sie nickte in dem Bemühen, ihren eigenen Gedanken zu folgen. „Ich könnte auch sagen, Erlösung. Ich erlöse beide Positionen, indem ich sie vermische. Dann müßte etwas Neues zutage treten."

Frieda, die ihren Kaffee trank und aussah, als hörte sie nicht zu, bemerkte: „Du hast doch gesagt, der Helfer ist selbst schwach und unsicher."

„Ja", sagte die Schwarze.

„Damit hast du dich gemeint?" wollte Frieda wissen.

„Ja", sagte die Schwarze. „Obwohl ich ja eine Helferin bin und kein Helfer."

„Ja", sagte Frieda. „Aber du hast dich gemeint."

Die Schwarze nickte.

„Dann ist das Neue doch schon da, wenn du versuchst, dir selbst zu helfen, indem du denjenigen findest, der dich in den Keller gesperrt hat, statt anderen zu helfen, damit du dich nicht mehr schwach und unsicher fühlen mußt."

„Stimmt", sagte die Schwarze. „Und auch, indem ich versuche, Teresa Stratos zu finden."

„Wie meinst du das?" fragte Frieda.

„Indem ich sie kennenlerne", sagte die Schwarze Witwe. „Und mir anschaue, was ihre Geschichte mit mir zu tun hat."

„Vielleicht hat sie nichts mit dir zu tun", gab Frieda zu bedenken.

„Doch, doch", sagte die Schwarze Witwe. „Sonst wäre sie nicht in mein Leben getreten. Ich meine, ich hätte nicht drauf einsteigen müssen. Schau dich um. So viele Menschen. Und keiner kümmert sich um Teresa Stratos und die Umstände, wie sie zu Tode gekommen ist und wer es getan hat. Aber ich springe sofort darauf an und befasse mich mit ihr."

Frieda nickte. „So bist du nun mal".

Die Schwarze Witwe holte tief Luft. „Nein, nein. Es geht um etwas anderes", sagte sie. „Jeder Mensch, der uns so begegnet, daß wir ihn wahrnehmen, jede Geschichte, die wir in uns aufnehmen, gibt uns etwas und nimmt uns etwas. Alles dient dazu, daß wir uns ununterbrochen verändern, immerzu, jede Sekunde unseres Lebens."

„Dann wäre es ja gut, wenn wir nur schönen Dingen und guten Menschen begegnen", sagte Frieda.

„Keineswegs", erwiderte die Schwarze Witwe. „Dann blieben wir ja in solchen unveränderlichen Vorstellungen wie Gut und Böse kleben."

„Aha", sagte Frieda. „Aber was dann?"

„Alles bleibt, wie es ist, nur unsere Art und Weise, damit umzugehen, verändert sich. Wir begegnen den Guten wie den Bösen offenen Sinnes und schauen, was ihre Existenz in unserem Leben wirklich berührt."

„Aha", sagte Frieda. „Und wie?"

„Ich wende mich Teresa Stratos und ihrem Leben zu und werde versuchen, sie kennenzulernen und zu verstehen. Ich möchte erspüren, was das mit mir macht. Und möchte herausfinden, was ich ihr posthum von mir geben kann. Dann bin ich nicht mehr die starke Helferin und Rächerin, und sie ist nicht mehr das arme Opfer, dessen Täter ich dingfest machen will."

„Das klingt ganz einfach", sagte Frieda.

„Ist es wahrscheinlich auch, wenn eine weiß, wie sie es macht." Die Schwarze Witwe sah sehr mit sich zufrieden aus.

Der Platz füllte sich langsam mit der „dead-people-society", wie sie das Archäologenteam zu nennen pflegte. Da war Jerry, der Leiter des Teams, der aussah, als könnte man ihn mit einem Messingschild, „typischer weißer Bewohner der USA", ins Museum stellen; da waren junge Frauen und Männer mit Baseballkappen und weißen T-Shirts, die Greenhorns aus dem ersten Semester; da waren einige Männer des Dorfes mit festen Schuhen und Spaten;

da war die blonde strahlende Ann. Und Stacey mit dem Pudelbeutel über der Schulter.

Die Schwarze Witwe küßte Ann, ein wenig zu nah am Mund, ein wenig zu lang für einen Freundschaftskuß. Dann warf sie Stacey einen forschenden Blick zu. Sie erschauerte und wußte in diesem Augenblick, daß Stacey sie liebte. Sie wußte nur nicht, ob sie es ertragen würde und ob sie Stacey so wiederlieben konnte, wie die wilde Kanadierin es wahrscheinlich erwartete.

„Ich habe zu tun." Frieda sprang auf.

„Was hast du?" fragte die Schwarze Witwe.

„Wir fahren die Leute auf die Insel", sagte Frieda und wies auf die alten Fischer, die schon alle bei ihren Booten an der Mole warteten. „Sollen die Amerikaner auf die Insel schwimmen?"

In grenzenlosem Staunen schaute die Schwarze Witwe auf Frieda, die wilde Frau aus dem Lugitscher Wald. War dies das gequälte, ungeliebte Wesen, das in der Enge des bäuerlichen, von der Kirche bestimmten Lebens in der Seele zerbrochen und in der Psychiatrie gelandet war? Das mit sieben kleinen Gestalten aus der Anderswelt in der Einsamkeit eines Einödhofs hauste und das Kind suchte, das man ihr weggenommen hatte? Hier bewegte sich eine alte weise Frau mit den sicheren Schritten, die sie dahin trugen, wohin sie getragen werden wollte.

Allmächtige Mutter, ich danke dir, dachte sie. *Ich danke dir, daß ich dabei sein und erleben kann, wie Frieda ihren Platz auf dieser Welt gefunden hat. Daß ich sehen darf, wie ihr dieser Platz fraglos zugestanden wird, obwohl sie eine Fremde ist. Inmitten dieser alten, knorrigen, wettergegerbten Männer, die sie respektieren und akzeptieren.* Daß ihr Tränen die Wangen hinunterrannen, war der Schwarzen Witwe in diesem Moment egal.

„Die, die sich ein heißes Herz bewahren, wandeln sich weiter und weiter und nehmen entgegen, was das Leben für sie bereithält", sagte ihre Mutter, die in der Küchentür stand.

„Schade, daß du das zu deinen Lebzeiten nicht gewußt hast, Mutter", sagte die Schwarze Witwe und wischte sich die Tränen aus dem Gesicht.

„Ja", sagte die Mutter. „Das ist mehr als schade. Ich war zu feige. Mein Herz war abgestorben seit dieser Nacht im Oktober 1922. Ich war zehn Jahre alt, und die Türken brannten Smyrna nieder. 120 000 Menschen starben bei diesem Massaker. Ich weiß nicht, ob du dir so etwas vorstellen kannst. Ich überlebte. Den Rest meines Lebens war ich eine lebende Tote. Dann kamen die Nazis. Der Weltkrieg. Der Bürgerkrieg. Dann kamst du. Ungewollt und ungeliebt, ich gebe es zu. Ich habe durchgehalten, um dich großzukriegen, denn eigentlich wollte ich lange vorher sterben. Sei du nicht zu feige. Spring. Spring auf die nächste Ebene, meine Kleine."

„Was für eine Ebene?" fragte die Schwarze.

„Na, Ebene eben", sagte ihre Mutter. „Ebene, Bewußtseinsstufe, ist doch egal, was weiß denn ich. Spring halt."

„Mach ich, Mutter", sagt die Schwarze und hätte sie in den Arm genommen, wenn das möglich gewesen wäre. Als Georgi mit einem Tablett durch die Küchentür trat, war ihre Mutter verschwunden.

„Hey, Babe", sagte Stacey. „Könntest du mal eben meine Hundebabys sitten? Ich habe Jerry versprochen, ihm den Weg nach Liminaria zu zeigen. Sie wollen dort anfangen zu graben, sobald sie auf der Insel fertig sind."

„Klar doch", sagte die Schwarze Witwe. „Hey, Süße", sagte sie dann. „Ich weiß nicht, ob das etwas wird mit uns beiden. Ich bin das ganz alte Europa, das zerrissene, traurige Europa. Ich bin der Balkan. Und du bist das junge strahlende Kanada. Wie soll das gehen?"

„Irgendwie", sagte Stacey. „Ein Song will gesungen werden, der heißt: ‚Die Geschichte von Stacey und der Schwarzen Witwe'." Sie lachte.

„Klingt wie von Johnny Cash", sagte die Schwarze.

„Die Pudel haben gegessen. Laß sie einfach ein wenig herumlaufen." Stacey lachte und rannte davon.

Eine halbe Stunde später sammelten sich alle an den Booten, die ersten aus der Archäologen-Crew setzten auf die Insel über, um ihre Arbeit aufzunehmen. Kisten mit Mineralwasser, Obst, Brot und Süßigkeiten wurden hinübergeschafft. Große schwarze Gummitaschen zum Abtransport der Erde; Werkzeug, Schaufeln, Pinsel; endlose Mengen an Gerätschaften.

Mutter Kreta wurde nach ihrer Vergangenheit durchwühlt. An diesem Tag begannen sie an dem Ufer zu graben, das dem Dorf gegenüber lag.

Noch vor Mittag stießen sie auf ein Grab. Die Kunde verbreitete sich in größter Schnelligkeit. Die Knochen waren erstaunlich gut erhalten.

Die Schwarze Witwe hatte an diesem Vormittag darauf verzichtet, sich von Ann auf der Insel herumführen zu lassen. Zwar nicht ganz freiwillig, aber als Gelegenheit zum Übersetzen gewesen wäre, hatte sie die Pudelkinder zu beaufsichtigen.

Nun saß sie mit Stacey, die einen gleichzeitig zufriedenen und angespannten Eindruck machte, auf der Bank, schaute zur Insel und versuchte unter den Punkten, die da herumwuselten, den herauszufinden, der Ann sein könnte.

„Du siehst aus, als ob du versuchst, deine Freundin Ann zu entdecken", sagte Stacey.

„Unsinn“, wehrte die Schwarze Witwe ab. „Laß mich mit Ann in Ruhe.“

„Hauptsache, du läßt sie in Ruhe“, sagte Stacey.

„Süße, stör mich nicht, ich muß nachdenken“, sagte die Schwarze Witwe.

„Über wen, über Ann?“ stichelte Stacey.

„Süße“, sagte die Schwarze Witwe. „Der beste und kürzeste Weg, mich für immer loszuwerden, ist eine Konversation dieser Art.“

Stacey schwieg. Die Schwarze Witwe ebenfalls. Von der Insel kamen die ersten Boote mit erdgefüllten schwarzen Gummitaschen zurück. Es war Frieda, die dann das Skelett in einem kleinen Container transportieren durfte.

„Stell dir vor“, sagte die Schwarze Witwe ehrfürchtig. „Ein Mensch, der vor dreitausend Jahren gelebt hat.“

Bis zum Nachmittag stand fest, daß die sterblichen Überreste einem Mann gehörten und vor ungefähr fünfzig Jahren auf der Insel verscharrt worden waren.

„Stell dir vor“, sagte die Schwarze Witwe am Nachmittag. „Wer mag das gewesen sein? Es müssen doch noch Menschen im Dorf leben, die ihn gekannt haben.“

Niemand im Dorf konnte sich daran erinnern, daß vor ungefähr fünfzig Jahren einer gestorben und auf der Insel begraben worden war. Für die Toten gab es den Friedhof, nicht die Insel. Zwar war immer gemunkelt worden, daß es irgendwo einen Schatz aus minoischer Zeit geben sollte, weshalb alle immer überall herumgegraben hatten, aber niemand im Dorf war auf die Idee gekommen, der Schatz könne drüben auf der Insel liegen. Im übrigen war eine Leiche kein Schatz. Offenbar hatte also niemand aus dem Dorf den Typ vergraben. Und ausgegraben hatten ihn erst die Amerikaner auf der Suche nach der kretischen Vergangenheit.

Nun wurde er oder vielmehr das, was von ihm übrig war, nach Heraklion geschafft. Die Staatsanwaltschaft hatte wieder etwas zu ermitteln, und die Polizei konnte sich wieder wichtig machen.

„Wenn das so weitergeht, brauchen wir gar keinen Ferienclub mehr, um unser Geschäft zu ruinieren", brummte Schulz. „Was sollen unsere Gäste denn von uns denken, wenn bei uns die Toten nur so herumliegen."

Die Schwarze Witwe machte ein nachdenkliches Gesicht. „Ich überlege, was das fur eine Zeit war, als dieser Mann zu Tode gekommen ist", sagte sie. „Fünfzig Jahre soll das her sein? Was war denn da los in Griechenland?"

„Vor fünfzig Jahren?" sagte Schulz. „Da war hier der Teufel los. Der Bürgerkrieg war gerade beendet. Alle hatten schlimmste Dinge begangen. Die Kommunisten genauso wie die Konservativen. Alle hungerten. Steine haben sie gefressen damals. Es gab keine Arbeit. Keine Hoffnung auf ein besseres Leben. Viele sind ausgewandert. Nach Amerika. Nach Kanada. Nach England, Frankreich und Deutschland. Früher haben wir gesagt: ‚Jeder Grieche wird mit einem Koffer in der Hand geboren', denn Mutter Griechenland hat nicht genug zu essen für ihre Kinder." Er spuckte aus. „Es gab eine fanatische Rechte und eine fanatische Linke. Sagen dir die Namen Venizelos, Papagos, Lambrakis und Markezinis etwas?"

Die Schwarze Witwe dachte nach. Dann erhellte sich ihr Gesicht. „Ja", sagte sie. „Meine Großmutter Despina hatte einen Kater, der in der ganzen Nachbarschaft als Dieb bekannt war. Den hatte sie Markezinis genannt nach einem Finanzminister, der wohl ziemlich schlimm gewesen sein muß. Jeden Tag stand sie im Garten und brüllte: ‚Markezini, du alter Dieb, wo steckst du nun schon wieder?'"

Schulz lachte. „So einen hat es damals in den Fünfziger Jahren gegeben. 1973 ist er noch einmal aufgetaucht als Ministerpräsident für einige Tage während der Militärdiktatur. Er ging über Leichen, aber er machte so gravierende Fehler, daß uns ein griechischer Mussolini erspart geblieben ist."

Die Schwarze Witwe winkte ab. „Nicht schon wieder Leichen."

Schulz blickte auf das Meer. „Auf dieser Insel ist viel Blut geflossen", sagte er. „Wie im übrigen Griechenland. Das ist eine traurige Geschichte, die wir eigentlich lieber vergessen wollen. Jetzt wollen alle Auto, Fernseher, Computer, ein Handy und ihre Ruhe."

„Was weißt du über Teresa Stratos?" fragte sie.

„Teresa? Die ist auch keine von uns. Sie ist eine Smyrnià."

„Was heißt das?" wollte die Schwarze Witwe wissen.

„Sie ist eine wie du", sagte Schulz.

„Eine Lesbe?" fragte die Schwarze.

„Unsinn", sagte Schulz. „Und sprich nicht so laut." Er sah sich um. „Ihre Familie kommt ursprünglich aus Kleinasien, aus der Stadt Smyrna, wie deine Familie."

„Hat sie denn dort noch gelebt, daß du sagst, sie sei eine Smyrnià?" fragte die Schwarze.

„Nein", sagte Schulz. „Sie ist in Athen geboren und aufgewachsen. So wie du in Deutschland geboren und aufgewachsen bist. Griechen werden überall auf der Welt geboren und wachsen dort auf. Sogar am Nordpol soll es welche geben."

„Nun übertreib nicht", sagte die Schwarze grinsend.

„Trotzdem bleibt sie eine Smyrniá", sagte er. „Weil ihre Familie von da stammt. Du bist eine Smyrniá, auch wenn du nie deinen Fuß auf türkischen Boden gesetzt hast."

„Wie ist Teresa denn nach Kreta gekommen?“

Schulz überlegte. „Ich weiß es nicht genau“, sagte er dann. „Aber viele der Rembetes aus Kleinasien sind nach Kreta gegangen. Ich denke, sie hatte auf Kreta Familie.“

„Aber Genaueres weißt du nicht?“ hakte die Schwarze nach.

„Nein“, sagte Schulz. „Frag die alte Maria, die Mutter vom Baumeister. Sie ist das Gedächtnis des Dorfes. Alles merkt sie sich. Wer wohin gegangen ist, wer wann gestorben ist und so weiter. Vielleicht weiß sie mehr über Teresa Stratos.“

Die Schwarze Witwe stand auf. „Ich muß gehen“, sagte sie und klopfte Schulz auf die Schulter. „Danke für den Geschichtsunterricht.“ Im Gehen murmelte sie: „Lambrakis, Lambrakis, wer war noch mal Lambrakis? Der Name kommt mir bekannt vor.“

Als sie am Hotel Sophia vorbeiging, erhellten sich ihre Gesichtszüge. „Richtig“, sagte sie zu sich. „Das war doch der griechische Typ, den dieser Franzose gespielt hat. Wie hieß der noch mal? Gutaussehender Mann. Genau! Yves Montand, verheiratet mit Simone Signoret. Und der Film hieß ‚Z‘. Jetzt weiß ich es wieder. Die Geschichte von einem linken Charismatiker, den die Rechten dann ermordet haben. Den gab es wirklich? Na sowas.“

Sie umrundete das „Sophia“ und spähte in den Garten der alten Maria. Nur die Hühner gluckten leise vor sich hin. Kein Hahn krähte nach Lambrakis.

„Wir nehmen uns alle viel zu wichtig“, sagte die Witwe zu den Hühnern. „Ich habe mich schon als Sechsjährige gefragt, was von uns bleibt, wenn wir gestorben sind. Ihr seht es ja an eurem Hahn. Kurzfristig eine gute Suppe, alle gedenken seiner, und der Rest geht das Klo runter. Was zählt es heute, daß es einmal Lambrakis gegeben oder Yves Montand ihn gespielt hat? Da haben sie einen Toten gefunden, den seit fünfzig Jahren keiner vermißt. Fragt ihr euch eigentlich, was aus eurem Hahn geworden ist? Vermißt ihr ihn? Gedenkt ihr seiner? Ich gehe herum und frage nach Teresa Stratos, und alles, was ich zu hören kriege, ist, frag die alte Maria. Sie ist das Gedächtnis. Da lebt eine, lacht eine, macht sich Sorgen und träumt in der Nacht. Und dann ist sie tot und nur noch ein Fall in den verkalkenden Ganglien einer alten Frau."

15

Stacey saß in der untergehenden Sonne auf ihrer Terrasse auf dem Boden und hatte eine Menge Papier um sich ausgebreitet. Sie spielte Gitarre. Summte. Sang. Sprach mit sich. Sie schrieb Noten und ab und zu ein paar Worte auf verschiedene Blätter Papier. Dazwischen telefonierte sie und sprach und sang in ihr Handy.

„Wie gefällt dir das?" fragte sie ins Telefon und war mit der Antwort offenbar sehr zufrieden. „Wenn es so weitergeht, habe ich in Kürze genügend Material für die neue CD zusammen", sagte sie, und wieder gefiel ihr die Antwort ausgesprochen gut. „Ich weiß noch nicht, wann ich zurückkomme", erklärte sie dann. „Im Augenblick will ich es ausnutzen, daß mir so viel einfällt. Danach sehen wir weiter." Sie lauschte einer längeren Argumentation am anderen Ende. „Ich werde sehen, was ich machen kann", sagte sie dann. „Aber ein paar Wochen wird es ganz sicher noch dauern." Sie lachte. „Fang doch schon an, John", meinte sie. „Du kannst das Studio schon mal anwärmen." Wieder lachte sie. „Also gut, aber mindestens zwei Wochen brauche ich noch." Sie nickte. „Ich freue mich auch. John? Ich bringe wahrscheinlich jemanden mit." Sie strahlte. „Nein, nein. Das wirst du dann schon sehen."

„Du hast schon wieder diesen verwegenen Zug um den Mund", sagte die Schwarze und trat aus dem Dunkel des Hauses hinaus auf die Terrasse.

„Hi, Babe", sagte Stacey. „Mir geht's einfach gut." Sie räumte den Wust an Papier beiseite und stand auf.

„Ich sehe es", sagte die Schwarze Witwe.

„Und bald kannst du es auch hören", sagte Stacey. „Du hast ja so recht gehabt. Ich bin wieder da. Und ich werde ein Comeback haben, daß alle Kopf stehen werden." Sie tanzte und sprang über die Terrasse. Dann schnappte sie die Schwarze Witwe und walzte mit ihr über die Papiere hinweg.

„Das wirst du, meine Liebste." Die Schwarze Witwe küßte sie zärtlich auf die Nase.

„Wenn ich erst ein neues Album vorlege, also, ich kann es noch gar nicht glauben." Stacey war vor Glück ganz außer Atem.

„Hmm", machte die Schwarze Witwe.

„Und wenn sie erst sehen, wem ich das alles zu verdanken habe", fuhr Stacey fort. „Ich habe nicht geglaubt, daß ich ohne Pat jemals wieder Musik mache. Und sie haben es sicherlich auch nicht geglaubt."

„Weiß Pat es eigentlich?" fragte die Schwarze Witwe, einer plötzlichen Eingebung folgend.

„Pat?" fragte Stacey ausweichend. „Nein, Pat weiß es noch nicht. Ich meine, warum sollte sie auch. Wir haben uns getrennt. Ich habe sie finanziell abgefunden. Und der Rest ist nicht mehr ihre Angelegenheit."

„Bist du da so sicher?“ fragte die Schwarze zweifelnd.

„Na ja, sie wohnt noch in unserem Haus in Los Angeles. Eigentlich ist es mein Haus, aber ich habe Pat immer gesagt, daß es auch ihr Haus ist“, sagte Stacey. „Und ich habe ja auch noch die Farm in Kanada.“

„Darling“, sagte die Schwarze Witwe zögernd. „Ich weiß nicht, ob ich Pats Nachfolge antreten kann. Ich bin keine, die in deinem Haus wohnt und es als das ihre betrachtet. Ich brauche ein eigenes Haus.“

„Das ist doch kein Problem“, sagte Stacey. „Dann bauen wir eben ein Haus für dich. Ich meine, du kannst dir doch ein Haus bauen. Die Farm hat zweihundert Hektar. Bau dir dein Haus, wohin du willst. Bei uns wird das nicht so eng gesehen wie hier in Europa, wo man für jede Hundehütte eine Baugenehmigung braucht.“

Die Schwarze Witwe löste sich aus Staceys Armen und verschwand, um sich ein Glas Rotwein zu holen, in Wahrheit aber, um Zeit zu gewinnen. Zeit, die sie benötigte, um die Kraft zu finden, Stacey zu sagen, daß sie sich entschlossen hatte, nicht mitzukommen. Mit dem Glas Rotwein in der Hand trat sie auf die Terrasse. Sie trank ganz langsam einen Schluck.

„Stacey“, sagte sie. „Ich kann die Nachfolge Pats nicht antreten.“

„Wie meinst du das?“ fragte Stacey, in ihrer Stimme klang mit, daß sie eigentlich schon wußte, worauf die Schwarze Witwe hinauswollte.

„Ich kann mich nicht mehr so fest an eine Frau binden“, sagte die Schwarze. „Ich will es auch gar nicht.“

Stacey schwieg. Die Schwarze Witwe schwieg auch, obwohl sie am liebsten wie ein Wasserfall geredet hätte, um nicht zu fühlen, was Stacey in diesem Augenblick fühlte.

„Aber ich liebe dich doch“, sagte Stacey.

„Ich liebe dich auch“, sagte die Schwarze Witwe. „Und gerade darum will ich kein Paar mit dir bilden. Ich kann es nicht. Ich darf es nicht.“

„Und Ann?“ fragte Stacey.

„Es ist gar nichts mit Ann. Und es wird auch nie etwas sein mit Ann“, erwiderte die Schwarze Witwe. „In meinem Herzen ist gar kein Platz für eine andere Frau außer dir. Aber leider haben wir beide die unschöne Neigung, uns selbst für eine Liebe aufzugeben. Ich muß noch viel lernen, bevor ich wieder in feste Hände gerate.“

„Ach“, seufzte Stacey. „Ich wahrscheinlich auch.“

„Ich will mir ein heißes Herz bewahren bis zu dem Augenblick, in dem ich sterbe“, sagte die Schwarze Witwe. „Ich will nicht zu denen gehören, denen das Herz schon zu Lebzeiten abgestorben ist. Ich hatte zuviel von diesen tödlichen Lieben, die alles zerstören, was einmal mit Zärtlichkeit und Freude begonnen hat.“

„Du solltest Songs für mich texten.“ Stacey lächelte.

„Vielleicht mache ich das eines Tages“, sagte die Schwarze Witwe.

„Heißt das, du kommst mit nach Kanada?“ Ein Schimmer von Hoffnung kehrte in Staceys Stimme zurück.

„Nein, das glaube ich nicht“, sagte die Schwarze Witwe. „Ich kann ohne dieses verrottete alte Europa nicht leben. Wir werden astronomische Telefonrechnungen haben, es gibt Flugzeuge, wir können zwischen unseren Welten hin und her pendeln und uns auf unseren verschiedenen Planeten besuchen.“

„Das klingt ganz vielversprechend“, sagte Stacey, ihre Stimme war von unterdrücktem Schluchzer gedämpft.

„Finde ich auch.“ Auch die Stimme der Schwarzen Witwe zeigte, daß es eine Diskrepanz gibt zwischen Vernunft und Sehnsucht. „Und wer weiß, ich habe da in zwei Jahren so einen eigenartigen Transit in meinem Horoskop. Vielleicht bin ich bis dahin soweit und bleibe bei dir."

„Was für ein Transit?" erkundigte sich Stacey.

„Das verrate ich lieber nicht", antwortete die Schwarze Witwe. „Sonst weiß es gleich die halbe Welt. Immerhin lebte die Sphinx von ihren Geheimnissen und nicht davon, daß sie sie verriet."

„Ich werde wohl damit leben müssen, daß es dauernd andere Frauen in deinem Leben gibt", seufzte Stacey.

„Welche anderen Frauen?" erkundigte sich die Schwarze Witwe erstaunt.

„Na, erst Ann und nun diese Sphinx, von der du eben gesprochen hast", sagte Stacey. „Ist sie Astrologin oder woher kennst du sie?"

Die Schwarze Witwe seufzte. „O Stacey, du kanadische Punkkuh", sagte sie. „Aber ich liebe dich trotzdem."

16

Die alte Maria fegte langsam und bedächtig den Weg, der von ihrem Haus zum Gartentor führte.

„Grüß dich, alte Maria", sagte die Schwarze Witwe, die am Gartentor stand.

„Ach da bist du ja wieder, meine Kleine", sagte die alte Maria. „Komm herein und hilf mir, daß die Zeit vergeht."

„Geht das nicht ganz von allein?" fragte die Schwarze und trat durch das Gartentor.

„Ach, die Zeit, die Zeit wartet auf niemand", sagte die

alte Maria. „Natürlich vergeht sie von allein. Und wir vergehen mit ihr. Willst du wieder einen Kaffee?"

Die Schwarze Witwe schüttelte den Kopf.

„Du hast neulich etwas Wunderbares versäumt", fuhr die alte Maria fort. „Die Hühnersuppe mit Ei und Zitrone war köstlich."

„Kann ich mir vorstellen." Die Schwarze wartete, wann es an der Zeit war, ihr Anliegen vorzubringen.

„Das Essen ist die einzige Lust, die uns Alten bleibt", sagte die alte Maria.

„Wird so sein", sagte die Schwarze höflich.

„Also was willst du?" fragte die alte Maria. „Ich sehe es dir an, daß du nur darauf wartest, wann ich endlich mit meinem Altweibergewäsch fertig bin, damit du loslegen kannst. Sprich. Was willst du von mir? Meinen Sohn kannst du gern haben, falls du es dir doch überlegt hast. Er hat noch immer keine gefunden." Sie lachte ein zahnloses Lachen.

„Nein, nein, vielen Dank", wehrte die Schwarze ab. „Ich bin aus anderen Gründen gekommen."

„Dann sprich, mein Kind, sprich. Setz dich zu mir auf die Bank und sprich. Was hast du auf dem Herzen?"

„Du kanntest doch Teresa Stratos, der der Olivenhain gehört hat, der vor kurzem abgebrannt ist. Die dabei ums Leben gekommen ist. Die Wasserleiche, die hier gefunden wurde."

Die alte Maria nickte. „Natürlich kannte ich sie. Jeder kannte sie."

„Kannst du mir erzählen, wer sie war?" bat die Schwarze Witwe.

„Das kann ich, mein Kind", sagte die alte Maria. „Sie war eine einsame Frau. Eine Smyrniá. Ihr Onkel wohnt in Tourloti. Aber sie haben schon lange keinen Kontakt mehr miteinander gehabt. Man sagt, sie sei ein bißchen komisch gewesen. Du weißt schon.“ Sie drehte die Hand an der Schläfe, um anzudeuten, daß Teresa verrückt war. „Sie sprach mit Geistern und soll eine Hexe gewesen sein.“

„Eine Hexe?“ fragte die Schwarze.

„Na ja, nicht wirklich, also sie konnte keine Karten legen, und auch aus dem Kaffeesatz hat sie nicht weisgesagt. Wenn wir das wollen, gehen wir zur alten Eurydike nach Sitia. Falls du einen Rat brauchst, gehst du zu Eurydike in Sitia. Nein, nein, das konnte Teresa nicht. Aber sie war nicht verheiratet und hatte keine Kinder.“

Die Schwarze Witwe lächelte. „Und das ist ja das mindeste, was man von einer griechischen Frau erwarten kann. Jede, die nicht verheiratet ist und keine Kinder hat, ist eine Hexe?“

Die alte Maria nickte, dann schüttelte sie den Kopf. „Ich sollte nicht so zu dir sprechen, vielleicht nimmst du ja doch meinen Stephanos. Aber ich sage dir, die Ehe ist nichts Angenehmes für die Frau. Es ist mir nie so gut gegangen wie die letzten zehn Jahre, seit mein Mann gestorben ist.“ Sie lachte, und auch die Schwarze fing an zu lachen.

„Das glaube ich dir gern“, sagte sie. Versonnen ließ sie ihren Blick über den Garten schweifen und verweilte bei den in der Erde scharrenden und pickenden Hühnern. „Hatte sie einen Beruf?“

„Hier nicht. Aber in Athen soll sie ein Geschäft gehabt haben“, erinnerte sich die alte Maria.

„Was für ein Geschäft?“ wollte die Schwarze wissen.

„Das weiß hier niemand“, sagte die alte Maria. „Vielleicht ein Friseurgeschäft? Oder Blumen? Also eine Taverne war es jedenfalls nicht. Ach, ich weiß es nicht. Aber sie hat gute Geschäfte gemacht, denn eines Tages, als sie ihren Onkel hier besuchte, hörte sie, daß der Olivenhain verkauft werden sollte, und da hat sie ihn gekauft, weil sie verhindern wollte, daß dort ein Hotel für die Fremden gebaut wird. Wenn sie soviel Geld hatte, muß sie doch gute Geschäfte gemacht haben."

„Und sie hat mit Geistern geredet?" kam die Schwarze auf die ungewöhnliche Beschreibung zurück.

Maria nickte.

„Wie alt war die Teresa denn?" fragte sie weiter.

„So alt wie du ungefähr. Und wie mein Stephanos", antwortete die alte Maria. „Aber sie wollte meinen Jungen auch nicht haben. Er wird wohl keine finden. Ich werde keine Enkel haben, ich arme alte Frau", jammerte sie.

„Ach, die würden nur hinter deinen Hühnern herjagen und ihnen die Federn ausreißen." Die Schwarze versuchte sie zu trösten, hatte aber den Eindruck, daß ihre Bemerkung am Problem vorbeiging. „Was war sie für ein Mensch?" fragte sie.

„Sie war ein guter Mensch, ein guter Mensch", sagte die alte Frau.

„Ja", sagte die Schwarze. „Das glaube ich. Aber wie war ihr Wesen? War sie lustig und fröhlich? Oder eher still und zurückhaltend?" Sie sah der alten Frau an, daß sie an solche differenzierenden Wahrnehmungen nicht gewöhnt war.

„Sie war ein wenig laut", sagte Maria nach einigem Nachdenken. „Ein wenig wild und aufbrausend. Mein Stephanos hat immer gesagt, ‚wenn sie meine Frau wäre, würde ich ihr das schon austreiben'."

„Ich ahne langsam, warum dein Stephanos keine Frau findet", sagte die Schwarze Witwe. „Hatte Teresa keine Freunde im Dorf? Freundinnen, Liebhaber?"

Die alte Maria kreischte auf. „Du bist gut. Liebhaber!“ Dann wuselte sie ins Haus und kam mit einer alten Colaflasche und zwei kleinen Gläsern zurück. In der Colaflasche befand sich eine glasklare Flüssigkeit. „Komm“ sagte sie. „Trinken wir einen Raki. Es ist kühl heute, da kann uns ein Gläschen wärmen.“ Sie schenkte ein und schob der Schwarzen Witwe ein Gläschen rüber. Die hob das Glas, prostete der alten Frau zu und trank einen Schluck, der ihr beinahe den Atem nahm, so scharf war der Selbstgebrannte. Als sie einigermaßen wieder Luft holen konnte, lehnte sie sich zurück.

„Natürlich hatte sie einen Liebhaber. Sogar mehrere“, sagte die alte Maria. „Eine Zeitlang hat sich Petros um sie bemüht. Dann hat es Panos versucht, du kennst ihn sicher. Aber sie hatten auf die Dauer kein Glück. Sie hatte ihren Onkel in Tourloti, den sie regelmäßig besuchte. Das war alles. Eines Tages hörte sie auch auf, ihren Onkel zu besuchen. Sie sprachen nicht mehr miteinander. Vielleicht haben sie gestritten.“

„Was glaubst du, wer sie umgebracht haben könnte?“ fragte die Schwarze.

Die alte Maria überlegte. „Vielleicht der Onkel. Vielleicht wollte er sie beerben. Sie war eine reiche Frau.“

Die Schwarze nickte. „Nachdem sie an die DTU verkauft hatte, war sie sogar sehr reich. Ich sollte mich mal um die Erben kümmern.“ Sie kippte unauffällig den Inhalt ihres Glases in das Blumenbeet und stellte es auf den Tisch. „Ich muß gehen, alte Maria“, sagte sie.

„Komm bald wieder“, sagte die alte Maria. „Dann plaudern wir wieder, daß die Zeit leichter vergeht.“

Die Schwarze Witwe verließ den Garten und ging das Gäßchen entlang, um zu ihrem Haus zu gelangen. Auf der Straße kamen ihr die beiden düsteren Herren entgegen, die Stavros vom Flughafen abgeholt hatte. Zwischen ihnen ging Michalis, der Pleitier aus Deutschland. Die Schwarze Witwe war sich nicht ganz sicher, aber sie hatte den Eindruck, als hielten sie ihn zwischen sich fest wie einen Gefangenen. Im Gehen drehte sie sich nach ihnen um und blickte in Michalis hilfesuchende Augen, der sich ebenfalls umgedreht hatte. Verwundert ging sie weiter.

Das geht mich nichts an, dachte sie. *Ich habe schon genug am Hals. Ich bleibe lieber auf den Spuren von Teresa Stratos' Leben. Vielleicht sollte ich mir mal die beiden Galane von ihr vorknöpfen. Die werden sicher etwas über sie zu erzählen haben.*

Vor dem Haus von Panos' Familie blieb sie stehen und zögerte, ob sie hineingehen sollte oder nicht. Das Haus machte einen sauberen, gepflegten Eindruck. *Warum nicht,* dachte sie. *Die werden schon nicht beißen.* Sie klopfte an die Tür und trat ein.

Im Gang hörte sie durch eine der Türen Stimmen.

„Hallo?" machte sie sich bemerkbar. „Ist jemand da?"

Eine Tür wurde aufgerissen, dichter Zigarettenqualm waberte aus dem dahinterliegenden Zimmer, und Panos, der Lebenskünstler, in Jogginghose und Unterhemd blickte überrascht auf den unvermuteten Besuch.

„Tut mir leid, wenn ich störe", sagte die Schwarze Witwe. „Ich habe nur eine Bitte. Ich versuche herauszufinden, was für eine Person Teresa Stratos gewesen ist. Du hast sie doch gekannt. Könntest du mir von ihr erzählen?"

„Warum?" lautete die Gegenfrage des Lebenskünstlers.

„Wer will etwas von Teresa?" rief eine Männerstimme aus dem Zimmer.

„Eine Frau" sagte Panos nach hinten gewandt. „Eine Touristin."

Die Schwarze Witwe hörte, wie jemand aufstand und sich der Zimmertür näherte. Dann stand ein älterer Mann in der Türöffnung. „Was will die Touristin von Teresa?“ fragte er.

Die Schwarze Witwe starrte den Mann an. Der Mann starrte die Schwarze Witwe an. Sie hatte das Gefühl, als fände zwischen ihnen ein Duell statt. Er hatte eine Glatze, und quer über sein Gesicht zog sich eine häßliche Narbe. Ein Auge fehlte. Sie war nicht sicher, ob ihre Abneigung von dieser äußerlichen Verwüstung herrührte oder ob sie auf seine negative Ausstrahlung reagierte. Sie stellte sich vor und versuchte möglichst harmlos und freundlich zu wirken. Eine Touristin, die sich nach einer Verstorbenen erkundigt, sonst nichts.

„Über Teresa gibt es nichts zu sagen“, sagte der Mann. „Sie war eine Frau wie alle anderen. Und nun ist sie tot, die Arme. Gott sei ihrer Seele gnädig.“ Noch immer musterte er die Schwarze Witwe mit scharfem, wenn auch einäugigem Blick.

„Das ist ihr Onkel“, sagte Panos. „Der Hinterbliebene, der Leidtragende. Bitte nimm Rücksicht auf seine Trauer.“

„Sie sind der Onkel?“ sagte die Schwarze überrascht. „Teresa war in meinem Alter. Sie sind ja höchstens zehn Jahre älter. Wie können Sie ihr Onkel sein?“

„Ich bin siebzig. Aber es ist wahr, ich bin nicht ihr leiblicher Onkel“, sagte er. „Eine Art Nennonkel. Ich habe mich um sie gekümmert. Aber was geht Sie das an?“

Ja, was geht mich das an? dachte sie. *Ich will nicht wieder in den Jägerinnenstatus verfallen. Ich jage keinen Täter. Ich will nur verstehen.*

Sie nickte langsam. „Tut mir leid, wenn ich Sie in Ihrer Trauer gestört habe“, sagte sie zum Narbengesicht und meinte beinahe, was sie sagte. „Hatten Sie einen Unfall?“

Der Nennonkel wandte sich zu Panos und schüttelte den Kopf. „Diese Fremden. Kommen daher und fragen dir Löcher in den Bauch.“ Er wandte sich wieder an die Schwarze Witwe. „Habt ihr keinen Anstand? Laßt uns in Ruhe! Ihr kommt hierher und sitzt in unseren Tavernen. Ihr trinkt unseren Wein. Ihr schmeißt mit eurem Geld herum. Wir Griechen können im eigenen Land nicht mal mehr Urlaub machen, weil ihr die Preise in die Höhe treibt.“ Er stapfte ins Zimmer zurück.

Die Schwarze Witwe war baff. *Fremdenhaß in Griechenland,* dachte sie. *Im fremdenfreundlichsten Land Europas. Die Zeiten haben sich wahrlich geändert.*

„Ihre Mutter ist von hier“, sagte Panos zum Narbengesicht. „Sie ist nicht wirklich eine Fremde.“ Dann wandte er sich wieder zur Schwarzen Witwe. „Tut mir leid. Wir haben zu tun. Vielleicht ein andermal“, sagte er und schloß die Zimmertür.

Durch die geschlossene Tür hörte die Schwarze das Narbengesicht sagen: „Es gibt auch fremde Griechen. Die sind nicht besser als die Touristen.“

Ich verstehe die Welt nicht mehr, dachte die Schwarze. *In Österreich sitzen die Nazis in der Regierung. Und hierher wollte ich auswandern, falls die Nazis in Österreich jemals an die Macht kommen. Die Welt ist aus den Fugen. Vor fünfzig Jahren wußte eine noch: Wenn die politische Situation unerträglich wird, wandere ich aus. Nach Amerika zum Beispiel.* Sie stutzte. *Das stimmt ja gar nicht. Vor fünfzig Jahren gab es in Amerika McCarthy. Diesen paranoiden Senator, der aus den USA ein Land von Denunzianten und Diffamierern machte.* Sie schüttelte den Kopf. *Also vor fünfzig Jahren hatte man zumindest noch die Chance auf die Illusion, es könnte Länder geben, in denen es besser zuging.*

Sie wandte sich zum Gehen. Als sie die Klinke schon in der Hand hatte, hörte sie, wie eine Stimme „Pssst" machte. Sie drehte sich um und sah eine sehr alte, sehr kleine Frau durch den Türspalt des Nebenzimmers lugen. Die Schwarze Witwe hatte zwar das Gefühl, etwas Ungehöriges zu tun, aber sie trat näher. Während nebenan die beiden Männer palaverten und über Dinge redeten, die offenbar sehr wichtig waren, erhielt die Schwarze Witwe die Chance, daß ein wenig Licht auf das Leben von Teresa Stratos fiel.

Die Alte sagte: „Komm in einer Stunde in den Hof hinter dem Haus. Ich kann dir was über die Frau sagen, die meinem Enkel den Kopf verdreht hat. Eine Hure war sie. Ich bin froh, daß sie tot ist."

Die Schwarze Witwe starrte die alte Frau an, die sie noch nie gesehen hatte. „Ich werde kommen, Großmutter", sagte sie.

„Aber schau, daß die Männer dich nicht sehen", sagte die Alte.

„Ich werde darauf achten", versicherte die Schwarze. Eilig und voller Angst, Panos und dem Narbengesicht noch einmal zu begegnen, verließ sie das Haus.

Auf der Straße atmete sie tief durch. *Wohin bin ich da geraten?* fragte sie sich und sah sich um. Sie ging zum Platz der drei Tavernen, um bei einem Kaffee die Stunde vergehen zu lassen, bis sie ihre Informantin treffen konnte. Als sie sich bei Fotini einen freien Tisch mit Blick auf die Insel ausgesucht hatte, brachten gerade Fischer die Archäologen nach einem langen Arbeitstag zum Dorf zurück. Frieda mitten dazwischen winkte der Schwarzen Witwe grüßend zu.

Die Schwarze winkte zurück und seufzte. *Ich fürchte, ich werde allein nach Hause fahren. Frieda hat ihren*

Platz gefunden. Sie wird nie wieder von ihrer neuen großen Liebe, dem Meer, fortgehen wollen. Die Schwarze lächelte wehmütig vor sich hin. *Natürlich könnte ich sie zwingen. Aber es würde ihr das Herz brechen.* Sie trank einen Schluck Kaffee. *Wie wird mein Leben aussehen, wenn ich nach Hause zurückkehre? Ganz allein mit meinen Hunden auf dem Hof. Vielleicht sollte ich doch Stacey folgen und nach Kanada ziehen. Allein schon, um meiner Einsamkeit zu entgehen. Blödsinn. Das ist doch kein Grund, eine Ehe zu schließen oder auf einem anderen Kontinent zu leben. Ich werde lernen, frei zu sein. So manches Herz wartet nur darauf, gebrochen zu werden.*

Getröstet von ihren eigenen Gedanken schloß sie die Augen und genoß die ruhige Stimmung des späten Nachmittags.

Stavros' Taxi fuhr vor dem Hotel Sophia vor, und als er ausstieg, grüßte er zur Schwarzen Witwe hinüber. Sie blinzelte in die Sonne und winkte zurück. Das gab ihr ein Gefühl von Vertrautheit und Geborgenheit, wie sie es normalerweise nicht kannte. Sie wußte auf einmal, wie Menschen sich fühlen, die in einem Netz der Zugehörigkeit leben. Sie wußte, daß Stavros Gäste abholte, so wie er Gäste brachte. Ein ewiges Kommen und Gehen, in dem Stavros, Maria, Manolis und die anderen die Konstanten bildeten. Und für einen winzigen Augenblick konnte sie sich der Illusion hingeben, daß auch sie zu den konstanten Personen an diesem Ort zählte.

Aus dem Hotel traten die beiden eher böse aussehenden Herren. Der eine trug zwei Koffer. Der zweite zog Michalis, den Pleitier, hinter sich her. Die Schwarze Witwe richtete sich auf und beobachtete das Geschehen.

Habe ich mich getäuscht? Oder hängt Michalis mit Handschellen an dem einen Typen?

Sie kniff die Augen zusammen, um zu erkennen, ob sie richtig gesehen hatte. Die Koffer kamen in den Kofferraum. Der erste Herr stieg ein. Der zweite stieg mit Michalis ein, als ob die zwei siamesische Zwillinge wären. *Also doch,* dachte die Schwarze Witwe und hätte in diesem Augenblick viel gegeben zu erfahren, was da vor sich ging. Stavros winkte ihr noch einmal, stieg ebenfalls ein und fuhr davon. Zurück blieb die Schwarze Witwe, die vor Neugier fast platzte.

„Hast du das gesehen?" fragte Schulz hinter ihr.

„Allerdings", sagte die Schwarze. „Haben die ihn entführt?"

„Sozusagen", sagte Schulz. „Das war die deutsche Polizei. Michalis wird in Deutschland gesucht, weil er sich mit seinem Restaurant in München übernommen und einen gewaltigen Bankrott verschuldet hat. Dann hat er sich klammheimlich hierher abgesetzt, weil er offenbar geglaubt hat, daß sie ihn nicht verfolgen werden. Er hat aber nicht mit den Schutzgeldorganisationen gerechnet. Die haben die Polizei auf ihn angesetzt. Glaube ich zumindest. Jedenfalls hat ihn irgend jemand verpfiffen. Und nun haben sie ihn abgeholt. Den sehen wir bestimmt für viele Jahre nicht wieder. Er wird ein Zimmer in einem staatlichen Hotel bekommen." Schulz wirkte sehr stolz, soviel zu wissen.

Die Schwarze Witwe war beeindruckt. „Das scheint ja eine feine Familie zu sein", sagte sie. „Ich war gerade bei Panos und wollte ihn ein bißchen nach Teresa ausfragen." Sie wiegte den Kopf hin und her. „Du kannst dir nicht vorstellen, was für ein finsterer Typ das ist."

„Ich weiß es", sagte Schulz.

Sie nickte. „Und dann dieses Narbengesicht, der sogenannte Onkel von Teresa."

„War der auch da?“ fragte Schulz.

„Ja“, bestätigte die Schwarze Witwe.

„Sei vorsichtig mit dem“, warnte Schulz sie. „Mit der Familie von Panos ist schon nicht zu spaßen. Aber Teresas Onkel, dieser Nikos, ist hier ein mächtiger Mann. Und er ist kein guter Mann.“

„Warum nennt ihr ihn eigentlich Teresas Onkel? Er sagte, daß er gar nicht ihr Onkel ist“, fragte die Schwarze Witwe.

„Ja, er ist nicht direkt ihr Onkel. Er war wohl ein Kumpel von Teresas Vater. Oder war es nicht der Vater, sondern der Schwager? Er ist irgendwie verwandt und doch wieder nicht.“ Schulz hielt inne und dachte nach. „Ich weiß es nicht genau“, sagte er. „Für solche Dinge habe ich mich noch nie interessiert. Frag die alte Maria, die wird es wissen.“

Die Schwarze Witwe seufzte. „Frag die alte Maria. Das ist das einzige, was ich immer zu hören kriege. Aber die weiß es auch nicht so genau.“ Sie sah auf die Uhr, die im Schankraum von Fotinis Taverne hing. „Es wird Zeit“, sagte sie. „Die Großmutter von Panos hat mich zu sich bestellt. Sie will mir etwas über Teresa erzählen. Von euch erfahre ich ja nichts.“

Schulz stand auf. „Ich habe auch zu tun“, sagte er. „Geschäfte.“ Er verschwand singend um die Ecke. „One more karafaiki before I go.“

„Was hast du schon für Geschäfte?“ rief die Schwarze Witwe ihm nach. Sie schlenderte zurück zum Haus von Panos’ Familie und suchte den Eingang zum Innenhof.

Bougainvilles blühten und bildeten ein rotviolettes Tor, durch das sie in den engen Hof eintrat. Darin standen ein paar kaputte Plastikstühle, ein Tisch, der noch die Spuren des vergangenen Winters trug. Tontöpfe, leere

Olivenölkanister, bemalt und bepflanzt. Ein großer Gummibaum breitete seine fleischigen Blätter aus. Direkt darunter saß die Großmutter von Panos. Sie war, wie die Tradition vorschrieb, ganz in Schwarz gekleidet, ihr weißes Haar war unter einem schwarzen Kopftuch verborgen.

Sie winkte die Schwarze Witwe zu sich. „Komm näher, mein Kind, und sprich leise. Die Männer müssen nicht wissen, daß wir hier miteinander reden."

Die Schwarze nickte und hockte sich auf einen alten Plastikkanister.

„Du willst etwas über Teresa Stratos wissen?"

Die Schwarze nickte.

„Warum?"

„Das weiß ich selbst nicht so genau, Großmutter", sagte die Schwarze Witwe. „Ich war oben im Olivenhain, als es brannte. Beinahe wären wir mit verbrannt. Dann war ich dabei, wie Teresas Leiche angeschwemmt wurde. Und als ich in Teresas heruntergebranntem Haus nachsehen wollte, ob ich vielleicht etwas entdecke, das hilft, ihren Mörder zu finden, sind wir in ihrem Keller eingesperrt worden. Ich muß den finden, der uns das angetan hat."

Die alte Frau sah sie durchdringend an. „Diese Teresa war keine gute Frau", sagte sie.

„Die alte Maria sagt das Gegenteil", hielt die Schwarze Witwe dagegen.

„Ach, was weiß denn die. Schau mich an, mein Kind", sagte die Alte. „Ich bin eine alte Frau, ich habe viel gesehen in meinem Leben. Maria ist viel zu jung. Sie hat keine Ahnung."

„Warum war Teresa keine gute Frau, Großmutter?" wollte die Schwarze Witwe wissen.

„Sie war eine Hure“, sagte die Alte.

„Das finde ich ein hartes Urteil, nur weil eine nicht verheiratet war“, gab die Schwarze Witwe zu bedenken.

„Nein, nein“, sagte die Alte. „Sie war wirklich eine Hure. Sie ist in Athen auf den Strich gegangen. Als sie älter wurde, hat sie ein Bordell aufgemacht.“

„Im Ernst?“ fragte die Schwarze ganz überrascht.

„Ja“, sagte die Alte. „So hat sie das Geld verdient, mit dem sie den Olivenhain gekauft hat.“

Die Schwarze Witwe war betroffen. „Sagst du deshalb, sie sei ein schlechter Mensch gewesen?“

Die Alte schüttelte bedächtig den Kopf. „Sie hat die Menschen gehaßt, mein Kind. Sie war keine schöne Frau. Sehr dick und immer so laut. Niemand mochte sie. Sie lebte da oben in ihrem kleinen Haus und versprühte ihr Gift in die Welt. Es gab keinen Menschen, an dem sie auch nur ein gutes Haar gelassen hätte. Auch meinen Enkel, den Panos hat sie in der Hand gehabt.“

Die Schwarze Witwe blickte auf. „Sagtest du nicht, sie habe deinem Panos den Kopf verdreht?“

Die Alte nickte. „Er war nicht der einzige. Viele Männer haben ihr Geld zu ihr getragen.“

Nachdenklich sagte die Schwarze Witwe: „Aber wenn sie so häßlich war, dann verstehe ich nicht, warum die Männer ihr nachgelaufen sind.“

Die alte Frau streckte ihren knöchernen Zeigefinger aus und drückte ihn der Schwarzen Witwe auf die Brust. „Vielleicht haben sie keinen Sex bei ihr gekauft. Vielleicht haben sie etwas anderes gekauft.“

Die Schwarze Witwe rückte ein wenig zurück, um dem unangenehmen Druck des Zeigefingers zu entgehen. „Was haben die Männer denn dann bei ihr gekauft?“

„Schweigen“, sagte die Alte und schwieg.

Auch die Schwarze schwieg und ließ das Wort in sich nachklingen. „Schweigen worüber?" fragte sie dann leise.

Die alte Frau blickte bedeutungsvoll zu den Fenstern des Hauses und legte den Zeigefinger auf ihren Mund.

Verdammtes altes Macho-Kreta, dachte die Schwarze Witwe. *Ein Haufen von Dynamitfischern und Vendetta-killern. Und alten Frauen, die alles wissen und nichts sagen. Schweigen, Schweigen, Schweigen. Und alles geht immer so weiter.*

„Weißt du eigentlich, wer der Tote ist, der auf der Insel gefunden wurde, Großmutter?" fragte sie.

„Phhh", machte die Alte. „Keine Ahnung."

Die Schwarze Witwe nickte. „Schweigen", sagte sie.

Die alte Frau nickte auch. „Schweigen."

„Jedenfalls danke ich dir." Die Schwarze stand auf.

„Such nicht weiter nach Teresas Mörder", sagte die Alte. „Egal wer es getan hat, er hat ein gutes Werk getan."

Die Schwarze Witwe schüttelte den Kopf. „Ich kann nicht deiner Meinung sein, Großmutter", sagte sie. „Ihr alten Leute von Kreta habt grausame Vorstellungen, was ein Menschenleben wert ist. Ihr geht damit um wie mit einem Hahn, der geschlachtet wird. Auch wenn Teresa schlecht und böse gewesen ist, hat doch niemand das Recht, sie zu ermorden."

„Jetzt geh", sagte die Großmutter. „Ich habe andere Dinge zu tun als dummen Touristen alte Geschichten zu erzählen."

Die Schwarze wandte sich zum Gehen.

„Sag mal", rief die Alte ihr nach. „Die alte Frau, die wie ein Mann aufs Meer fährt und fischt, gehört sie zu dir?"

Die Schwarze Witwe nickte.

„Sag ihr, sie soll sich schämen. Das ist Männerarbeit. Sie soll sich einen Mann suchen, der für sie fischen geht.

Sie soll ihm das Essen kochen und seine Wäsche waschen."

„Es sind andere Zeiten angebrochen, Großmutter", erwiderte die Schwarze Witwe. „Heutzutage hocken die alten Frauen nicht mehr im Hof und verstecken sich vor der Welt. Sie befahren die Meere und tun noch ganz andere Sachen. Manche tun vielleicht auch verwerfliche Dinge wie Teresa Stratos. Aber sie hocken nicht mehr im Hinterhof und schweigen." Sie eilte durch das rotviolette Blumentor und atmete befreit auf, als sie wieder auf der Straße stand.

Widerliche Familie, dachte sie und schüttelte sich wie ein Hund.

17

„Wie mies dürfen Frauen eigentlich sein?" überlegte die Schwarze Witwe laut. Sie war von dem Haus der Panos-Familie auf direktem Wege bei ihrer Freundin Maria aufgetaucht.

„So mies wie Männer auch", erwiderte Maria. „Du hast eine eigenartige Art, Frauen zu glorifizieren, meine Liebe. Auch Frauen können richtige Ekel sein."

Die Schwarze Witwe seufzte. „Ich weiß, ich weiß. Sie dürfen sogar richtige Ekel sein. Aber es trifft mich immer noch zutiefst, wenn ich richtig miesen Frauen begegne."

Maria schnitt Tomaten in Viertel. „Was sind denn für dich richtig miese Frauen?" fragte sie.

„Gewalttätige Frauen", erwiderte die Schwarze.

„Was?" Maria nahm sich den Knoblauch vor.

„Ja", sagte die Schwarze Witwe. „Frauen sind offenbar nicht so sehr auf die körperliche Weise gewalttätig, sondern mit ihrem Mundwerk. Die Großmutter von Panos sagte, sie sei froh, daß Teresa tot ist, und es sei ihr egal, wer es getan habe, denn der habe ein gutes Werk getan. So etwas ist für mich gewalttätig."

„Ja, für mich auch", stimmte Maria zu und drückte eine Knoblauchzehe durch die Presse in die Salatsoße.

„Und was ist mit Teresa?" fuhr die Schwarze fort. „Sie soll ein richtiges Miststück gewesen sein, wenn ich der Großmutter glauben kann."

Maria probierte und salzte ein wenig nach. „Vorausgesetzt, sie ist ehrlich."

„Im Moment habe ich da meine Zweifel. Weißt du denn gar nichts über Teresa?"

„Ich habe dir doch gesagt, sie war unsere Freundin. Ich meine, was heißt schon Freundin, wir kannten uns und mochten uns. Sie hat mit uns gegen den Club gekämpft. Daß sie Prostituierte gewesen sein soll, habe ich nicht gewußt. Ich habe auch nie jemanden darüber reden hören."

„Schweigen", sagte die Schwarze Witwe. „Kretisches Schweigen. Kannst du dir denn vorstellen, daß du dich in deiner Freundin Teresa Stratos getäuscht hast?"

„Durchaus", gab Maria zu. „Du kannst dich in jedem Menschen täuschen. Selbst für Schulz würde ich meine Hand nicht ins Feuer legen, obwohl ich ihn in- und auswendig kenne. Überleg doch nur, daß Teresa gegen den Club gekämpft hat, und dann hat sie ganz einfach verkauft. Ich verstehe es bis heute nicht. Hat sie uns alle hereingelegt?"

„Panos' Großmutter sagt, sie hätte die Menschen gehaßt", sagte die Schwarze Witwe.

Maria gab die Tomatenviertel in die Salatsoße. „Gehaßt? Ich weiß es nicht. Sicher, wenn ich drüber nachdenke, hat sie über andere eigentlich immer nur negative Dinge von sich gegeben. Wir waren uns so einig in der Ablehnung des Ferienclubs, daß es mir nicht aufgefallen ist, wie negativ sie sich eigentlich über alle geäußert hat."

Sie begann einen Laib Bauernbrot in Scheiben zu schneiden. „Sieh dir dieses Brot an", sagte sie. „Ich vermisse fast nichts aus Deutschland. Nur das ewige Weißbrot geht mir auf die Nerven. Zum Glück bringt mir immer mal wieder ein Gast frisches Brot aus Deutschland mit. Köstlich."

„Manchmal denke ich, daß sie einen ungeheuren Neid auf alle gehabt haben muß, die glücklich sind", grübelte die Schwarze Witwe.

„Wer ist schon glücklich?" erwiderte Maria.

„Ich meine das Gefühl von Freude am Leben. Nicht ein Höhepunktgefühl als Reaktion auf etwas Einzelnes, Erfreuliches, nein, eher eine grundsätzliche Freude. Das ist mehr eine Lebenseinstellung als ein Gefühl. Das, was Frieda offenbar fühlt, wenn sie auf dem Meer ist", versuchte die Schwarze Witwe zu beschreiben, was sie gemeint hatte. „Teresa jedenfalls scheint nicht froh und glücklich gewesen zu sein, wenn ich zusammenfasse, was ihr mir über sie erzählt habt."

Während Maria anfing, Goldbrassen in der Pfanne zu braten, deckte die Schwarze Witwe den Tisch. „Wie viele sind wir zum Essen?" fragte sie.

„Wenn ich das so genau wüßte", erwiderte Maria. „Also ganz sicher Schulz, du und ich. Dann kommen vielleicht Stacey und Frieda. Und wenn ich mich nicht ganz schrecklich vertue, taucht noch jemand auf, der zufällig Hunger hat."

„Der berühmte unbekannte Gast“, sagte die Schwarze Witwe. „Ein alter griechischer Brauch, immer einen Teller mehr hinzustellen, als Menschen am Tisch sitzen.“ Sie schenkte sich ein wenig Wein ein.

„Also ich erkläre den Feierabend hiermit für eröffnet“, sagte sie und nahm einen kleinen Schluck. „Was Teresa angeht, wundert es mich sehr, wie ruhig du es offenbar hinnimmst, daß ganz in der Nähe ein Mord passiert ist.“

Maria hob die Schultern. „Was heißt einer? Es gibt ja noch einen zweiten Todesfall. Der Mann, den sie auf der Insel gefunden haben, wird auch nicht von allein in die Erde gesprungen sein.“

„Wenn du so deine Witze darüber machst, sollte man annehmen, es beunruhigt dich wirklich nicht“, faßte die Schwarze Witwe nach.

„Ganz im Gegenteil“, widersprach Maria. „Ich mache Witze darüber, weil es mich beunruhigt. Manolis hat ganz recht. Wenn das so weitergeht, dann sind wir bereits wirtschaftlich ruiniert, bevor noch der erste Bagger auftaucht, um den Bau für den Ferienclub zu beginnen. Die Leute kommen hierher, um Ferien zu machen, nicht um einen Krimi zu erleben. Nicht jeder ist Miss Marple so wie du.“

„Ist die Identität dieses Toten eigentlich inzwischen geklärt?“ wollte die Schwarze Witwe wissen.

„Nein“, sagte Maria. „Sie haben alle Vermißtenanzeigen der letzten fünfzig Jahre durchgesehen. Aber bisher sind sie nicht fündig geworden. Damals sind viele ausgewandert. Die Männer fuhren zur See. Da sind auch viele nicht zurückgekommen. Ich könnte mir vorstellen, daß so mancher Typ sich abgesetzt hat, um woanders ein neues Leben zu beginnen, und hier hat er Frau und Kinder einfach sitzenlassen. Also, ich glaube, das wird ewig dauern, bis sie nach so langer Zeit herausbekommen, wem die

Knochen gehören und wieso sie dort drüben in einem heimlichen Grab ruhten."

„Maria", sagte die Schwarze Witwe. „Hast du schon mal überlegt, daß es eine Verbindung zwischen dem Toten von der Insel und Teresa Stratos geben könnte?"

Ihre Freundin schüttelte den Kopf. „Das halte ich für ein wenig konstruiert. Warum sollten die beiden, ausgerechnet diese beiden, etwas miteinander zu tun haben? Das einzige, was die beiden mit Sicherheit gemeinsam haben, ist, daß sie tot sind."

„Es klingt vielleicht ein wenig hergeholt. Aber abgesehen davon, daß ich in solchen Fällen immer eine ziemlich gute Nase habe, sind die wahren Geschichten des Lebens so verrückt, daß eine nur staunen kann. Dieser Tote, oder vielmehr seine Seele, hat all die Jahre darauf gewartet, daß wir erfahren, was damals passiert ist. Teresas Tod hat auch diesen Todesfall wieder ans Licht geholt."

„Jetzt spinnst du aber", sagte Maria.

„Allerdings" sagte die Schwarze Witwe. „Dafür bin ich bekannt. Jedenfalls sollte die Polizei in der Lebensgeschichte der Teresa Stratos nachgucken, ob da nicht irgendwann mal ein Mann plötzlich verschwunden ist."

„Teresa war ein Kind, als dieser Mann auf der Insel vergraben wurde", gab Maria zu bedenken.

„Na und?" erwiderte die Schwarze. „Vergessen wir mal unsere Skrupel. Vielleicht ist es ja kompletter Humbug. Aber vielleicht ist es besser, die Suche nach der Nadel im Heuhaufen dort zu beginnen, wo wir eine Möglichkeit zum Suchen haben. Vielleicht trügt mich meine Nase nicht. In so einem Dorf sterben die Menschen meist einen natürlichen Tod. Wenn sich zwei Todesfälle ereignen, lohnt es sich, nachzuschauen, ob es da nicht Zusammenhänge gibt."

„Also gut“, sagte Maria. „Aber beeil dich, das Essen ist gleich fertig.“

„Am besten fassen wir zusammen, was wir über beide wissen. Es ist wenig genug. Da ist einmal eine einsame Frau mit einer undurchsichtigen Vergangenheit. Sie ist ein unangenehmer Mensch, aber sie ist sehr reich. Sie hat offenbar Verbindung zu anderen unangenehmen Menschen wie Panos und ihrem Onkel. Dieser ist gar kein Onkel, hat aber ein verwüstetes Gesicht.“ Nachdenklich hielt sie inne. „Sag mal, weißt du eigentlich, warum der Kerl so ein Narbengesicht hat?“

Maria schüttelte den Kopf. „Ich habe ihn vielleicht zwei-, dreimal in meinem Leben gesehen. Er ist nicht von hier, sondern stammt aus Tourloti.“

„Schade“, sagte die Schwarze.

„Er wird einer von diesen verdammten Dynamitfischern gewesen sein“, dröhnte Schulz, der eben eingetreten war. „Jahrzehntelang ist hier so gefischt worden. Manchen hat es dabei erwischt. Vielleicht ist Teresas Onkel einer von denen.“

„Vielleicht“, sagte die Schwarze Witwe. „Grüß dich Schulz.“

Manolis blickte auf den Tisch und sagte: „Maria, die Teller werden nicht reichen. Ich habe einige Leute eingeladen.“

„Na, was habe ich gesagt?“ sagte Maria zur Schwarzen Witwe. „Wir müssen den alten Brauch erweitern. Es ist mehr als ein unbekannter Gast.“

„Vor allem sind sie nicht unbekannt“, sagte Schulz und setzte sich.

Maria blickte Schulz scharf an. „Warum deckst du nicht die noch fehlenden Teller auf? Du siehst doch, daß wir zu tun haben.“

Manolis stand auf, holte die fehlenden Teller und verteilte sie auf dem Tisch. Die Schwarze Witwe beobachtete das Geschehen, und ihre Gedanken wanderten zur Großmutter im Hinterhof zurück.

Das Macho-Kreta verschwindet ja doch mehr und mehr, dachte sie und freute sich. *Und es wird weitergehen. Die Töchter dieser beiden werden von einem versteckten Hinterhofleben so weit entfernt sein, daß sie gar nicht mehr verstehen können, daß es das einmal als ein übliches Frauenleben gegeben haben soll. Es war ja nicht nur die Tatsache, daß die Frauen hier seit den Zeiten der Antike aus der Öffentlichkeit verschwunden zu sein hatten. Sie waren eine zur Ware herabgewürdigte Sache. Mit Brautgeld gekauft. Verbannt und ausgebeutet. Frauen konnten geschlagen und vergewaltigt werden, ohne daß ein Hahn danach krähte. Eigentlich ist es verwunderlich, daß nicht alle Frauen zu miesen Miststücken geworden sind als Reaktion auf solche Lebensumstände. Wenn ein Lebewesen an seinem natürlichen Lebensausdruck gehindert wird, wird es böse und krank.*

Sie verstand auf einmal nicht mehr, warum ihr so viele Jahre daran gelegen gewesen war, das alte Kreta zu behüten und zu bewahren. *Du selbst hättest doch niemals in deinem Leben ertragen, hierher, in das Land deiner Vorfahrinnen zurückzukehren. Du wärst vor Kummer und Enge vergangen und gestorben,* dachte sie und wußte auf einmal, daß etwas in ihr sich erlöst hatte. *In meinem Herzen wird Kreta Heimat bleiben. Sie ist und bleibt meine Mutter, denn sie ist ewig. Aber eine Sehnsucht in meinem Herzen hat sich aufgelöst. Die Menschen sollen die grausamen Zeiten des Patriarchats verlassen können. Kreta kann es aushalten. Vielleicht kommt die Freiheit auch über einen Ferienclub.*

„Ich habe verstanden", sagte sie laut.

„Was denn, meine Liebe?" erkundigte sich Maria.

„Ich weiß nicht, ob ihr es verstehen werdet", antwortete die Schwarze Witwe. „Aber ich habe gerade an eure beiden schönen Töchter gedacht."

Manolis dröhnte: „Sie sind bei der Großmutter. In Frankfurt. Nächste Woche kommen sie zurück."

„Wie wäre es, wenn du sie mit einem kleinen Pudel empfängst?" fragte die Schwarze.

Maria lachte. „Der Pudel ist schon akzeptiert", sagte sie. „Aber nicht für die Kinder. Den kriegt Schulz. Laß dich von seinem Gerede nicht täuschen. Er hat schon einen von den dreien ausgesucht."

„Was?" staunte die Schwarze Witwe.

„Er hat sogar schon einen Namen für den kleinen Kerl", ergänzte Maria.

„Was?"

„Ja. Er soll Pirat heißen."

„Ich fasse es nicht", sagte die Schwarze.

„Stacey bringt ihn gleich mit", sagte Maria.

Die Schwarze lachte. „Das wäre also der erste der unbekannten Gäste."

„Richtig", sagte Maria. „Warum hast du an meine Töchter gedacht?"

„Weil ich auf einmal wußte, warum ich mich um Teresa Stratos und ihren Tod gekümmert habe."

„Ich höre", sagte Maria.

Die Schwarze Witwe schenkte sich ein kleines bißchen Wein nach. „Ich habe begriffen, daß Kreta schon soviel Schreckliches ausgehalten hat, daß dagegen ein Ferienclub geradezu ein Spaziergang ist. Es geht nicht um den Verlust einer alten Kultur, wie ich immer dachte. Es geht um eine frauenunwürdige Zivilisation. Also weg damit."

Sie schnaubte. „Und das ist noch nicht alles. Ich habe verstanden, daß kein Massentourismus bieten kann, was ihr zu bieten habt. Darum kann der Club euer Geschäft gar nicht kaputtmachen. Die in so einen Club gehen, kommen nicht zu euch. Die zu euch kommen, würden niemals Clubferien machen."

Maria hörte aufmerksam zu und nickte.

„Was hat das mit unseren Töchtern zu tun?" wollte Schulz wissen.

„Deine Töchter sind durch das, was die Fremden an Veränderung bringen, davor geschützt, eines Tages als alte böse Weiber in einem Hinterhof zu hocken wie ein eingesperrtes Tier im Zoo. Und so wie ihr euer Geschäft betreibt, haben sie keinen Anlaß, Zimmermädchen werden zu müssen. Sie können erleben, daß ihre Eltern Arbeit und Seele miteinander verbinden und mutig dafür kämpfen, um zu überleben. Lassen wir doch den Dingen ihren Lauf."

„Das Essen ist fertig", sagte Maria. „Und wo sind unsere Gäste?" Dann wandte sie sich zur Seite und wischte sich heimlich die feucht gewordenen Augen.

„Ich schau mal, ob sie schon kommen", sagte Manolis und ging hinaus.

„Es würde mich nicht wundern, wenn wir heute abend wissen, wer Teresa ermordet hat", sagte die Schwarze Witwe.

Maria drehte sich erstaunt um. „Das ist nicht dein Ernst?"

„Eigentlich nicht und dann doch. Ich habe das Gefühl, daß ich meine Hausaufgaben gemacht habe", sagte die Schwarze Witwe. „Und das würde bedeuten, daß sich Teresa Stratos aus meinem Leben verabschiedet."

„Muß ich das verstehen?" fragte Maria.

„Nein“, sagte die Schwarze Witwe und fühlte sich auf einmal sehr einsam. Sie stand auf. „Ich komme gleich wieder“, sagte sie.

„Und was ist mit meinem Essen?“ rief Maria. „Was ist heute nur los? Warum rennen denn alle weg? Ich dachte, wir haben viele Gäste, statt dessen wird das Essen kalt, und niemand ist da!“

„Ich gehe schwimmen“, sagte die Schwarze Witwe. „Es dauert nicht lange, aber ich glaube, ich habe etwas zu erledigen.“

Maria setzte sich an den leeren Tisch und legte den Kopf auf die Hände. „Mei Nerwe“, sagte sie.

18

Die Schwarze Witwe rannte bis hinter Georgis' Taverne und setzte sich für einen Augenblick auf die kühlen Kiesel am Strand, um wieder Luft holen zu können. Dann zog sie sich aus und verstaute ihre Kleidung in einer Felsmulde. Frierend und ein wenig ängstlich stand sie nackt da und starrte zur Insel hinüber. Es war inzwischen dunkel geworden. Das Meer lag still und schwarz zwischen ihr und ihrem Ziel, eine Grenze, die es jetzt zu überschreiten galt und die dazu führen würde, daß sie eine völlig andere, eine neue würde.

Solange sie sich zurückerinnern konnte, war sie noch nie bis zur Insel geschwommen. Irgend etwas hatte sie immer davon abgehalten, wie auch ihre Liebe zu Kreta im Grunde größer war als ihre Liebe zum Wasser, das die Insel umgab. Unzählige Male war sie mit dem Boot übergesetzt, aber niemals hatte sie sich allein auf den Weg gemacht.

Langsam ging sie Schritt für Schritt ins dunkle Wasser hinein. Es erschien ihr, als griffe das Wasser kalt und naß nach ihr. Quälende Gedanken, daß sie unterwegs ihre Kräfte verlassen würden, daß etwas Unbekanntes sie in die Tiefe ziehen würde, daß sie ihr Ziel verfehlen würde, überkamen sie und ließen ihre Beine bleischwer und unbeweglich werden. Ihr Herz sank, aber irgend etwas trieb sie weiter.

Die Schwarze Witwe wurde ein Staubkorn im Universum. Verlassen stand sie im Wasser und schauderte. In jeder Zelle ihres Körpers fühlte sie, daß sie allein war auf der Welt. Sie war bereit zu sterben, alles aufzugeben, alles loszulassen. Noch immer hatte sie keinen blassen Schimmer, was sie trieb, sich auf das Unbekannte einzulassen. Sie glaubte nicht, daß sie ihr Ziel, die Insel, erreichen würde. Sie wußte nicht, warum sie hinüberschwimmen wollte. Aber sie wußte, daß sie es tun mußte. Sie mußte allein, ohne Frieda, ohne Stacey, ohne überhaupt irgendeine andere Seele diesen einen Schritt tun.

Schweren Herzens und in großer Angst ging sie weiter. Ihre Füße spürten spitze Steine und seltsam Glitschiges, das sie nicht definieren konnte. Am liebsten wäre sie laut schreiend zurückgelaufen, hätte ihre Kleidung angezogen und sich an Marias Eßtisch gesetzt. Hätte darüber gescherzt, wie erfrischend ein abendliches Bad im Meer sei. Aber es war völlig klar, daß diese Welt der gedeckten Tische und laut palavernden, essenden und trinkenden Gäste nicht mehr die ihre war. Es gab nur noch eines: Schwimmen oder untergehen.

Sie wußte, daß die Angst, unterzugehen, dafür sorgen würde, daß sie unterging. So war sie also auch bereit zu ertrinken, sich aufzulösen, im großen Wasser aufzugehen. Beherzt machte sie einen weiteren Schritt ins Meer hinein, und auf einmal verschwand der Boden unter ihr. Mit einem Schrei fiel sie ins tiefe Wasser und mußte schwimmen, ob sie wollte oder nicht. Den Bruchteil einer Sekunde dachte sie an den verbrannten Körper der Teresa Stratos, der von der Strömung in diese Bucht getragen worden war. Dann wurde sie von einer unbekannten Kraft in das Labyrinth hineingezogen und konnte nur noch an den nächsten Schwimmzug denken, den sie zu machen hatte.

Irgendwann hatte sie das Denken aufgegeben. Alle Furcht fiel von ihr ab, alles Hoffen, alles Sehnen, kein Wünschen war mehr da und auch kein Leid. Sie war ein Fisch, sie war Wasser, war Bewegung, einatmen, ausatmen. Sie vergaß, daß es ein Ziel gab. Sie vergaß, auf die Richtung zu achten, und hatte kein Empfinden mehr, ob sie ins offene Meer hinausgetrieben wurde oder noch immer auf die Insel zuschwamm. Ihr Körper funktionierte und machte die Bewegungen, die notwendig waren, um sich über Wasser zu halten, aber nicht einmal das nahm sie noch wirklich wahr. Sie war im Nichts angekommen. Die große Mutter nahm sie in sich auf und verschlang ihre einsame Tochter. Sie wurden eins.

19

Brennender Schmerz fuhr ihr die linke Körperseite entlang. Sie erwachte und kroch spuckend, würgend und hustend auf den Kieselstrand. Dann schleppte sie sich weiter hinauf, wo sie trockene Erde spüren konnte, und sank in eine weitere Ohnmacht. Ein kleines, offenbar sehr neugieriges Kaninchen kam vorwitzig herangehoppelt und schnupperte an der unbekannten Frau, die wie tot dalag. Als sie eine Bewegung machte, um sich aufzurichten, floh es eilig zu seinen vorsichtigeren Schwestern.

Die Schwarze Witwe blickte um sich, um in der Dunkelheit zu erkennen, ob sie auf der Insel gelandet war oder die Wellen sie zum Dorf zurückgetrieben hatten. In diesem Augenblick brach Mondlicht durch die Wolken und tauchte das Wasser in silbernes Licht. „Es ist die Insel", murmelte sie und tastete nach ihrer linken Seite, die noch immer höllisch brannte. „Ich glaube, ich habe mich verletzt", sagte sie laut. Sie fror erbärmlich.

Eine Frauenstimme sang lauthals: „Hast du dort oben viel Englein bei dir. Schick doch einen davon auch zu mir..." Die Schwarze Witwe schloß ergeben die Augen. „Mutter", sagte sie. „Das ist nun wirklich nicht das passende Lied. Es fängt an mit ‚Es lag ein Soldat am Wolgastrand'. Dies ist Kreta, und der Krieg ist lange vorbei."

„Das verstehst du nicht", sagte die Mutter. „Ich habe früher so wunderbar weinen können bei diesem Lied. Ich wollte nur zum Ausdruck bringen, daß du nicht allein bist, wenn du allein bist."

„Leider", sagte die Schwarze Witwe.

„Sei nicht undankbar", sagte die Mutter.

Die Schwarze Witwe seufzte und untersuchte, so gut es ging, die Schürfwunde.

„Sieht schlimm aus", sagte ihre Mutter.

„Ich dachte es mir, daß ich dich hier treffen würde, Mutter", sagte die Schwarze.

„Du scheinst dich ja nicht besonders zu freuen, deine alte Mutter wiederzusehen."

„Nein, Mutter. Ich freue mich wirklich nicht. Ich mag in deinen Augen eine undankbare Tochter sein, aber ich bin der Ansicht, daß du zu deinen Lebzeiten eine ziemlich lausige Mutter warst. Du hast die Zeit abgesessen, die nötig war, um mich aus dem Gröbsten herauszukriegen, aber eigentlich hat mich eine Tote, eine lebende Tote aufgezogen. Das war zu wenig, Mutter. Viel zu wenig. Ich finde, ich hätte ein Anrecht auf eine lebendige Mutter gehabt. Eine, die sich am Leben freut, nicht eine, die darauf wartet, daß sie endlich sterben kann."

„Hack doch nicht immer auf den alten Zeiten herum", murrte die Mutter. „Das ist doch alles längst vorbei."

„Schön wär's", antwortete die Schwarze.

„Du hast doch jetzt Kreta", sagte die Mutter.

„Eine Insel kann keine biologische Mutter ersetzen", sagte die Schwarze.

„Ich sehe, du hast den Sprung gewagt", sagte die Mutter.

„Hm", antwortete die Tochter. „Ich weiß nicht genau, warum ich hier bin, aber ich glaube, daß es so etwas wie der Sprung war, von dem du gesprochen hast."

„Richtig", sagte ihre Mutter.

„Und nun?" fragte die Tochter. „Bei dem Gedanken, daß ich zurückschwimmen muß, wird mir ganz elend."

„Du befindest dich im Inneren des Labyrinths", sagte die Mutter. „Hier begegnest du dir selbst und nur dir selbst."

Die Schwarze lächelte müde. „Und dir, Mutter."

Ihre Mutter machte eine abwehrende Geste. „Ich bin eine reine Projektion von dir. Mich gibt es gar nicht."

„Mach mich nicht irre", sagte die Schwarze.

„Ganz im Gegenteil", sagte die Mutter. „Ich bin hier, um dir Klarheit zu verschaffen."

„Also gut", sagte die Schwarze Witwe. „Nun bin ich also im Inneren des Labyrinths. Bist du gekommen, um mir das zu sagen, Mutter?"

„Auch", sagte die Mutter. „Und um dir zu helfen, das Richtige zu tun, um die Geschichte von Teresa Stratos zu nutzen, daß du wächst und wächst, meine Kleine."

„Nenn mich nicht immer deine Kleine", murrte die Schwarze Witwe. „Hast du sonst noch irgendwelche Botschaften aus dem Jenseits? Vielleicht kann Teresa mich ja direkt aufklären, das würde die Sache erheblich abkürzen, und ich könnte endlich zu meinen warmen Kleidern drüben am anderen Ufer kommen."

„Leider nein", bedauerte die Mutter. „Ich werde dich jetzt auch verlassen. Nun kommt alles nur noch aus dir selbst." Sie machte eine Pause und lächelte. „Oder gar nicht."

„Wie tröstlich", sagte die Schwarze Witwe. „Ich hätte mir heißen Tee und eine warme Decke mitnehmen sollen." Sie sprach ins Leere. Die Mutter war verschwunden.

Na denn, dachte die Schwarze Witwe. *Dann schaun wir mal, wie's weitergeht.*

Suchend blickte sie sich um. Sie ging zu der Bank, die im Schutz einer steinernen Hütte stand, und setzte sich. Langsam wurde ihr an der von der Sonne noch warmen Wand ein wenig wärmer. Sie zog die Beine an und schloß die Augen.

Sie wurde ruhiger und ruhiger. Sie spürte den Schmerz in ihrer Brust, den sie seit dem Tod ihrer Mutter so tief in sich verborgen hatte, daß sie ihn die meiste Zeit nicht einmal spürte. Sie atmete durch den Schmerz hindurch und tauchte in das ruhige Kommen und Gehen ihres Atems. Ihr Blick fiel auf die offene Grube, in der die Knochen des unbekannten Toten gefunden worden waren, und auf einmal war sie in der traurigen und verlorenen Kindheit der Teresa Stratos angekommen.

Sie fühlte den Zorn und den Haß eines kleinen dicken, sehr häßlichen Mädchens. Sie sah die dünnen Haare, die wässrighellen Äuglein. Das aufgedunsene rote Gesicht. Fühlte, wie ungeliebt dieses Kind war. Spürte, daß es keine Liebe in sich hatte. Fühlte, wie wenig Liebe es bekam. Wußte, daß dieses Mädchen niemals Liebe bekommen würde, denn sie vernichtete alle Liebe auf der Welt. Sie sah das Mädchen essen, essen, essen. Es fraß alles in sich hinein. Verschlang, was es finden konnte, und niemals war es genug. Es fraß Brot, Fleisch, Nudeln, Reis, Gemüse, Bäume, Menschen, Häuser, ganze Olivenhaine. Eine Prozession von Männern kam und brachte ihr Geld, Essen, Auto, Kleider, Schmuck. Das Kind fraß alles. Und spuckte Haß und Zorn aus. Es war die Göttin der Zwietracht. Sie fühlte den Haß, der von all ihren Opfern zur Göttin der Zwietracht zurückfloß. Sie fühlte, wie dieser zurückfließende Haß am Ende auch die Göttin der Zwietracht vernichtete.

Entsetzt von dieser Dynamik der Zerstörung wagte die Schwarze Witwe kaum zu atmen. Sie öffnete die Augen, um sich zu versichern, daß sie noch immer sicher in der irdischen Welt verankert war. Erleichtert sah sie auf die Lichter des Dorfs am anderen Ufer. Sie fühlte die Wand an ihrem Rücken und registrierte, daß ihr linker Fuß eingeschlafen war. Die Schürfwunde an ihrer linken Seite, die sie sich zugezogen hatte, als Mutter Mare sie an der Küste der Insel wieder ausspuckte, brannte, aber jetzt war es ihr ein beinahe beruhigendes Gefühl.

Sie schloß die Augen und begab sich zurück in die Welt der Teresa Stratos. *So ist die Göttin der Zwietracht also ein kleines hassendes Kind, das alles verschlingt, dem es begegnet. Darum gibt es keine Liebe für Teresa. Sie würde alles fressen und wieder ausscheißen. Sogar die Liebe. Würde alles fressen, bis der Haß sie selber aufgefressen hatte. Darum also war Teresa Stratos gestorben.*

Sie sah das Kind, das schreiend unter den Griffen eines jungen Mannes zappelte. Sie sah, wie ein zweiter Mann hinzukam, der das Kind festhielt. Sah einen dritten Mann, der eine Pistole hob und schoß. Sah den einen mit zerfetztem Gesicht blutend und schreiend zu Boden gehen. Sah, wie das Kind nach dem Gewehr griff und den anderen Mann erschoß. Er sank zu Boden und blieb bewegungslos liegen. Das Kind warf die Waffe ins Meer und rannte davon.

Die Schwarze Witwe bekam kaum Luft und versuchte die Gesichter der Männer zu erkennen.

Der eine ist doch dieser Onkel, dachte sie. *Wer sind die anderen beiden?*

Dann erkannte sie den Mann, der sich über den Verletzten und den Toten beugte. Er sah Panos ähnlich, aber er konnte nicht Panos sein, der war damals noch zu jung. So schloß sie, daß es Panos' Vater war, und von irgendwo her wußte sie, daß es Teresas Vater war, der von der kindlichen Göttin der Zwietracht ermordet worden war.

Panos' Vater, dachte sie. *Also doch diese Familie. Großmutters Sohn. Und Teresa, die auf den Strich ging und auf dem Hügel hockte, alles fressend, alles hassend.*

„Wie kannst du die Polarität aufheben, die dich auf der Seite der Liebe läßt und sie auf der Seite des Hasses?" fragte ihre Mutter.

„Du bist noch immer da, Mutter?"

„Nur kurz zurückgekommen", antwortete die Mutter. „Um dir zu sagen, daß du auch diese Polarität aufheben mußt, erlösen würdest du wohl sagen."

„Ich werde es versuchen“, sagte die Schwarze Witwe und stand auf. „Ich glaube, ich muß ins Leben zurückkehren“, sagte sie. „Ein Aufenthalt im Labyrinth darf nur so lange dauern, wie es nötig ist. Sonst finde ich vielleicht nie mehr heraus.“

Sie schritt durch ihre Mutter hindurch und warf sich ins Wasser. Mit kräftigen, regelmäßigen Schwimmzügen näherte sie sich dem vertrauten Leben der Fischerboote und bunten Laternen über den Tavernen. Diesmal hatte sie keine Angst. Das Mondlicht half ihr zu erkennen, wo sie schwamm. Die Lichter waren wie ein Fixpunkt, der sie sicher zu sich heranzog. Als sie die Hälfte der Strecke hinter sich hatte, beflügelte der Rhythmus der Schwimmbewegung sie wie sonst vielleicht ein Tanz. Sie gab sich diesem Rhythmus hin und kam sicher an. Schnell eilte sie zu ihrem Bündel und stieg in ihre Kleider. Der Stoff des T-Shirts und der Hose ließ ihre Schürfwunde erneut aufflammen. „Autsch“ sagte sie. Und: „Verdammter Mist.“

„Jetzt bräuchten wir einen Breitwegerich“, sagte Frieda.

Die Schwarze Witwe fuhr herum. „Es fühlt sich schlimmer an, als es in Wahrheit ist“, sagte sie.

„Das kommt vom Salzwasser.“ Frieda hielt der Schwarzen Witwe eine warme Jacke hin. „Das nächstemal sagt du mir Bescheid, bevor du dich auf eine solche Reise begibst“, sagte sie.

„Das war nicht möglich“, sagte die Schwarze Witwe. „Es gibt Dinge, die kann eine Frau nur allein machen.“

„Ich weiß“, sagte Frieda.

„Ich bin sehr müde“, sagte die Schwarze Witwe.

„Ich weiß.“ Frieda legte den Arm um die Schwarze Witwe. „Komm“, sagte sie. „Die anderen warten in Marias Haus.“

Die Insel lag dunkel und schwer hinter ihnen. Ihre Konturen waren gegen den Nachthimmel kaum noch auszumachen. Auch der Mond war verschwunden. Das Wasser war noch immer still und hatte kaum Wellen. Die Schwarze Witwe wandte sich um und blickte zurück. „Schau mal", sagte sie. „Jetzt sieht die Insel aus wie die auf den Gemälden von Arnold Böcklin."

„Kenn ich nicht", sagte Frieda.

„Böcklin hat viele Male eine Insel gemalt. Er nannte sie die Toteninsel. Zu Hause über meinem Schreibtisch hängt eine Reproduktion davon."

„Ach das", sagte Frieda. „Ich erinnere mich."

Sie gingen durch Georgis lichtüberflutete Taverne, an allen Tischen saßen Leute, aßen und tranken. Charis Alexiou sang aus allen Boxen von Nepheli und den Engeln.

„Das ist ein schöner Name, Nepheli", sagte die Schwarze Witwe zu Frieda. „Es ist ein vorgriechisches, ein minoisches Wort und bedeutet ‚kleiner Nebel'." Das Licht und der Lärm überwältigten sie beinahe. Sie spürte den Ansturm auf die Sinne wie einen körperlichen Schmerz.

Sie gingen das kurze Stück hinüber zu Fotinis Taverne. Auch hier waren alle Tische besetzt. Ebenso auf der Terrasse des Hotels Sophia. Griechenland am Abend. Ein Leben wie ein ewiges Fest. Am Hotel bogen sie nach rechts und gingen die Straße hinauf zu Marias Haus.

„Frieda, es steht endgültig fest, ich werde nicht bleiben können", sagte sie.

Frieda sah sie traurig an. „Ich kann hier nicht mehr fortgehen", flüsterte die alte Frau.

„Ich will ja, daß du bleibst", sagte die Schwarze Witwe. „Du gehörst hierher. Du bist die erste alte Frau, die fischen geht wie ein Mann. Wenn du jung wärst, wäre das nichts Besonderes. Die heutigen jungen Frauen machen ganz selbstverständlich, was die alten Frauen niemals wagen würden. Aber du bist alt und fährst auf dem Meer herum. Du mußt bleiben. Das Meer ist dein Zuhause."

„Ich werde dich vermissen", sagte Frieda.

„Ich dich auch", sagte die Schwarze Witwe. „Aber du mußt wissen, daß dein Schicksal jetzt ausgeglichen ist. Jetzt, wo du dein Zuhause gefunden hast."

„Was heißt das?" wollte Frieda wissen.

„Es bedeutet, daß jeder Mensch erst dann glücklich sein kann, wenn sie oder er genau das tut, wofür sie oder er geboren wurde. Du mußt gut zu deiner eigenen Natur sein, du mußt das tun, was du kannst, wofür du talentiert bist. Du mußt dem, was du bist, eine äußere Form geben. Und du, Frieda, bist im Grunde deines Herzens die alte Frau und das Meer."

Als sie an Panos' Haus vorbeigingen, schüttelte es die Schwarze Witwe.

„Wann wird dein Schicksal ausgeglichen sein?" fragte Frieda.

„Das steht noch nicht fest, Frieda", antwortete die Schwarze Witwe und starrte auf die erleuchteten Fenster im ersten Stock. „Ich habe gerade einen großen Schritt getan. Vielleicht weiß ich mehr, wenn ich herausgefunden habe, wie ich Liebe und Haß aus ihrer Polarität befreie." Während sie langsam weitergingen, überlegte die Schwarze Witwe, was noch notwendig wäre, um ihr Leben in ein friedliches Gleichgewicht zu bringen. Und wie sie Teresa Stratos Mörder finden könnte.

20

„Na endlich“, sagte Maria, als Frieda mit der Schwarzen Witwe zur Tür hereinkam. „Wo hast du sie gefunden?“

„Am Strand“, erwiderte Frieda. „Sie ist zur Insel hinübergeschwommen.“

„Mitten in der Nacht?“ staunte Maria. „Spinnst du? Schau dir dieses traurige Essen an. Goldbrassen muß man essen, wenn sie frisch gebraten sind. Jetzt sehen sie aus wie grüner Hering.“ Sie hielt einen Fisch in die Höhe und wedelte mit ihm, als wollte sie ihn Schulz um die Ohren hauen. „Außerdem hast du Glück, daß überhaupt noch was da ist. Die fressen mir hier die Haare vom Kopf.“ Sie wies auf die laut und satt palavernde Runde.

Die Schwarze Witwe sah ihren alten Freund Stavros, den unvermeidlichen Otti, fröhlich und schon ein bißchen angesoffen. Sie sah Petros, den Fischer, ein über allem stehender Hippie wie immer. Wassilis, den Installateur. Schulz, der sich wieder mal zu langweilen schien. Sie sah Stacey, die mit dem kleinen Piraten spielte und ihr eine Kußhand zuwarf. Und dann sah sie Panos.

Er sieht diesem Typen, den ich in der Trance gesehen habe, wirklich sehr ähnlich, dachte sie. Sie setzte sich an den von Panos am weitesten entfernten Platz.

„Sieh mal, wer heute bei uns zu Gast ist“, dröhnte Schulz und klopfte Panos auf die Schulter.

„Sie ist ja nicht blind“, sagte Maria.

Einem unerklärlichen Drang folgend, erhob sich die Schwarze Witwe, nachdem sie fertig gegessen hatte, mit dem Rotweinglas in der Hand und ging zu Panos hinüber. Sie sah ihn eindringlich an.

„Darf sich die Touristin neben dich setzen?" fragte sie.

„Bitte" sagte er.

„Deine Familie hat viel mit Teresa zu tun gehabt, nicht wahr?"

Panos blickte sich um, als suchte er eine Möglichkeit, diesem Gespräch auszuweichen. „Nicht mehr als andere."

„Das stimmt nicht, Pano", sagte sie.

Verblüfft starrte er sie an und versuchte in ihrem Gesicht zu lesen, ob sie bluffte.

„Ich weiß, daß der Tote auf der Insel Teresas Vater ist", sagte sie.

Er hielt die Luft an, sein Gesicht wurde aschfahl.

„Warum erschreckt dich das? Du kannst ihn ja gar nicht gekannt haben. Also du hast ihn sicherlich nicht dort vergraben."

Er schwieg verbissen.

„Aber ich glaube, jemand aus deiner Familie kannte ihn gut", sagte sie.

Panos hielt wieder die Luft an. Auf seinem Gesicht lag nackte Panik.

„Wo ist eigentlich dein Vater?" fragte sie. „Ich habe ihn noch nie gesehen. Wohnt er nicht hier?"

Panos schüttelte den Kopf.

„Sieht er dir ähnlich?" bohrte die Schwarze weiter. „Ich würde ihn gern kennenlernen. Ich glaube, er sieht genauso wie du aus."

„Er lebt schon lange nicht mehr", sagte Panos. „Er starb bei einem Unfall, als sie eines Nachts mit Dynamit gefischt haben."

Die Schwarze Witwe stutzte. „Dann kann er ja Teresa nicht erschossen haben", sagte sie.

„Nein“, sagte Panos.

„Und er kann dann auch nicht die Kellertür über mir, Frieda und Stacey geschlossen haben, damit wir darin verrecken.“

Panos starrte in ihr Gesicht und versuchte, keinerlei Regung zu zeigen.

„Wer war es dann?“ fragte sie laut in den Raum. „Ich frage mich, wer uns in den Keller von Teresa Stratos Haus gesperrt hat.“

„Panos sieht nicht seinem Vater ähnlich, sondern seiner Großmutter“, sagte Stavros.

Mit einem Satz sprang Panos auf. „Sie war es nicht“, schrie er. „Sie hat es nicht gewollt. Es war ein Unfall. Ein Unfall war es.“ Er brach in Tränen aus.

„Du hast die Kellertür über uns zugemacht“, stellte die Schwarze Witwe fest.

„Ich wollte ihr nur helfen“, weinte er.

Die Schwarze Witwe stand auf und verließ wortlos das Haus. Eilig ging sie den Weg zurück zu Panos‘ Haus und trat durch den rotvioletten Eingang in den Hinterhof.

„Ich habe dich schon erwartet“, sagte die Großmutter.

„Du hast Teresa Stratos erschossen. Ich weiß es jetzt.“

„Ja“, sagte die Großmutter. „Und ich bereue es nicht.“

„Warum?“ fragte die Schwarze Witwe. „Warum hast du das getan?“

„Ich habe sie mein ganzes Leben lang gehaßt“, sagte die alte Frau. „Sie hat meinen Liebsten erschossen, der ihr Vater war. Sie hat mein Leben zerstört. Ich habe später einen anderen geheiratet. Er war ein guter Mann, ich will mich nicht beklagen. Aber ich habe Teresas Vater geliebt, mehr als mein Leben. Sie hat mich erpreßt, weil ich den Onkel angeschossen und weil ich den Toten begraben habe.“ Sie lachte bitter. „Ich habe ihn drüben auf der Insel begraben, um dieses kleine Kind vor dem Schlimmsten zu behüten. Auch wenn sie eine Mörderin war, war sie doch ein Kind. Sie wäre gestorben im Gefängnis." Sie wischte sich mit einem alten zerknüllten Taschentuch die Augen. „Schau dir an, wie sie es mir gedankt hat. Mein Leben lang habe ich ihr jede Drachme geben müssen, die ich erübrigen konnte."

„Warum hast du sie erschossen, ich meine, warum und warum erst jetzt, Großmutter?"

Wieder lachte sie bitter auf. „Ich bin eine alte Frau. Ich habe nichts mehr zu verlieren. Was sollen sie jetzt noch mit mir anfangen? Mich ins Gefängnis stecken? Ich lebe seit zehn Jahren auf diesem Hinterhof. Das ist auch eine Art Gefängnis. Ich bin es gewöhnt. Es sind nicht mehr viele Jahre, die mir bleiben. Aber Teresa sollte ihren neuen Reichtum nicht genießen. Ich wollte nicht, daß sie noch immer die große Dame spielt. Sie hat ja nicht nur mich erpreßt. Sie wußte von allen hier etwas, das nicht an die Öffentlichkeit gehörte. Alle haben bezahlen müssen."

„Hast du keine Angst, daß du mit deiner Tat eine lange Vendetta auslöst?" fragte die Schwarze.

Die alte Frau schüttelte den Kopf. „Sie hat keine Verwandten. Es ist keiner mehr da, der sie rächen könnte."

„Auch nicht der Onkel?" fragte die Schwarze.

„Auch der ist froh, daß sie nicht mehr lebt. Auch ihn hat sie erpreßt. Niemand weint Teresa eine Träne nach."

Die Schwarze Witwe schwieg gedankenverloren.

„Wirst du mich jetzt zur Polizei bringen?" fragte die alte Frau.

„Nein", sagte die Schwarze Witwe, ihre Stimme klang müde. „Das ist nicht meine Aufgabe." Sie erhob sich und wandte sich zum Gehen. „Eines hätte ich gern noch gewußt. Hast du den Olivenhain angezündet?"

Die Alte schüttelte den Kopf. „Es war ein Unfall. Ich bin an dem Tag zu ihr hinaufgewandert. Es ist ein langer Weg, mein Kind. Man geht viele Stunden. Als ich müde ankam, wollte sie mir nicht mal ein Glas Wasser geben. Sie hatte für ihre Geister ein paar Kerzen angezündet. Als ich schoß, fiel sie um und die Kerzen auch. Ich bin schnell gegangen, denn ich bekam Angst. Die Kerzen haben wahrscheinlich das Haus in Brand gesteckt, und zum Schluß brannte alles. So etwas geht hier sehr schnell. Im Sommer brennt hier sogar der Sand, so trocken ist es."

„Und Panos hat dann die Leiche verschwinden lassen, indem er sie ins Meer geworfen hat?"

Die alte Frau nickte. „ Er ist ein guter Junge, glaube es mir. Leider arbeitet er nicht gern. Aber er ist wirklich kein schlechter Mensch. Er hat mich gern und ist sehr gut zu mir. Er sagte, sie würde nie mehr wiederkehren. Aber dann kam sie doch zurück. Mitten ins Dorf."

„Es kommt alles zurück, Großmutter. Wußtest du das nicht?" sagte die Schwarze Witwe. „Der Haß, den man ausschickt, kommt hundertfach zurück." Sie pflückte sich im Gehen eine Blüte, die sie sich ins oberste Knopfloch ihrer Jacke steckte.

„Aber was hätte ich tun sollen mit meinem Haß?" rief die alte Frau ihr nach.

Die Welt ist nicht besser geworden dadurch, daß die Göttin der Zwietracht erschossen worden ist, dachte die Witwe. *Der Haß in der Welt ist nicht weniger geworden. Haß löst sich auf, wenn die Hassende dieses Gefühl aus der Welt zurückzieht und zu sich zurücknimmt. Sich eingesteht, daß es sinnlos ist; eine Verlängerung von Leid. Die Beseitigung der Teresa Stratos macht Platz für die nächste Göttin der Zwietracht. Was brauchen wir statt dessen? Eintracht? Klingt wie ein Fußballverein.*

21

„Ich liebe dich", sagte die Schwarze Witwe.

„Ich liebe dich auch", sagte Stacey.

„Sind die Tiere schon auf dem Weg?"

„Ja. Meine Schwester wird sie am Flughafen in Empfang nehmen und auf die Farm bringen."

„Ich erwarte von dir, daß du spätestens in einem Jahr dein neues Album veröffentlichst", sagte die Schwarze Witwe.

„Ja", erwiderte Stacey. „Du kannst sicher sein, daß ich das tun werde. Ich danke dir für alles."

„Das hättest du nicht sagen sollen", sagte die Schwarze Witwe. „Wir haben einander für gar nichts zu danken."

„Oder für alles", sagte Stacey.

„Oder für alles", wiederholte die Schwarze Witwe.

„Ich werde dich vermissen", sagte Stacey.

„Jetzt reicht es", sagte die Schwarze Witwe.

Stacey lachte.

„Ich hasse solche Abschiede", sagte die Schwarze. „Schau dir Frieda an. Die ist einfach mit ihrem Boot auf das Meer hinausgefahren. Keine großen Worte. Ciao und weg. Einfach so."

Stacey nickte.

Beide Frauen saßen reisefertig in Georgis' Taverne, und obwohl sie sich an den Händen hielten, waren sie bereits Tausende Kilometer voneinander entfernt.

Die Schwarze Witwe hatte ihre Abschiedsrunde hinter sich. Fotini hatte ihr ein Säckchen mit Oregano zugesteckt. Georgi überreichte ihre einen Plastiksack mit drei Flaschen Hauswein. Maria ein geheimnisvolles Päckchen. Die Schwarze Witwe hoffte nur, daß es nicht gebratene Goldbrassen waren.

Stavros' Mercedes rollte heran.

„Schau", sagte die Schwarze. „Da kommt er, der Bote der Großen Mutter, um uns wieder in die Welt zu schicken."

Stavros stieg aus und winkte die Schwarze Witwe zum Wagen. Während sie herankam, öffnete er den Kofferraum. „Hier", sagte er. „Ich habe dir ein paar Flaschen von meinem Raki eingepackt. Damit du gut durch das Jahr kommst."

Die Schwarze Witwe blickte in den Kofferraum. „Bist du verrückt? Oder glaubst du, daß ich so eine Schnapsnase bin?" Sie starrte auf die drei 15-Liter-Kanister.

„Ist dir das zuviel?" fragte Stavros überrascht.

„Allerdings", sagte die Schwarze Witwe. „Wenn ich die getrunken habe, kannst du mich auch auf der Insel verscharren."

Schwungvoll warf sie ihre Reisetaschen in den Kofferraum. Stacey warf die ihren dazu.

„Falls ihr glaubt, daß ich heule, habt ihr euch getäuscht", sagte die Schwarze Witwe und wischte sich die Tränen aus den Augen.

Sie rollten zum Dorf hinaus, und Stavros warf eine Kassette ein. „So entstehen diese Lieder", sang Charis Alexiou. „Erst erkennt der Schmerz dich wieder und dann kommt er immer näher..."

„Ich hasse Abschiede", schluchzte die Schwarze Witwe.

„Dann bleib doch", weinte Stavros.

„Ich kann nicht!" schrie die Schwarze Witwe.

Der Flug nach Athen war ruhig, die beiden Frauen schwiegen die meiste Zeit. In Athen trennten sich ihre Wege. Als sie mit ihrem Kofferwagen durch die Hallen rollten, hörte die Schwarze, wie eine Frau schrie: „Ist das nicht Stacey Kline? Ich werd' verrückt. Das ist Stacey Kline." Sie bekam eine Ahnung, in welcher Welt Stacey lebte.

„Ich gehe jetzt besser in die VIP-Lounge", murmelte Stacey. „Sonst zerreißen sie mich."

„Tu das", sagte die Schwarze. „Mein Flug geht auch gleich."

„Bist du sicher, daß du nicht mitkommen willst?" fragte Stacey.

„Ja", sagte die Schwarze Witwe. „Ich werde nicht mitkommen."

„Dann leb wohl, Darling. Ruf mich an, sobald du angekommen bist."

„Du auch, Süße."

Und dann war Stacey verschwunden. Für einen Augenblick war die Schwarze Witwe an diese Sekunde erinnert, als Nina lachend im Hangar zwischen den Flugzeugen verschwand. Es war nur ein leiser Stich ins Herz. Dann hatte sie sich wieder gefangen. Ein Lächeln breitete sich über ihr Gesicht wie Sonnenschein nach einem Regentag.

„Hey, hallo", sagte sie zu einem vorbeieilenden Flughafenangestellten. „Können Sie mir sagen, wo ich den Schalter von Air Canada finde?"

Epilog

Meine Liebe,

seit du fortgefahren bist, ist viel Zeit vergangen. Es tut mir leid, aber ich schaffe es einfach nicht, öfter zu schreiben. Panos' Großmutter ist gestorben. Wir haben sie vor zwei Wochen beerdigt. Stavros hat sich einen neuen Wagen zugelegt. Inzwischen ist sein Sohn auch in das Taxigeschäft eingestiegen. Manolis und ich haben das Haus fertiggebaut. Natürlich fehlt noch immer etwas hier und da. Aber in dieser Saison können wir die ersten Gäste willkommen heißen. Frieda hat ein neues Boot. Sie hat es von dem Geld gekauft, das sie mit dem Fischfang verdient hat. Ansonsten behandelt sie uns alle mit ihren Kräutern. Ich glaube, wir brauchen hier keinen Arzt mehr. Der Ferienclub ist inzwischen auch fertig geworden. Allerdings wird es wohl noch ein Jahr dauern, bis er seinen Betrieb aufnehmen kann. Manolis hat ihnen für gutes Geld Tonnen über Tonnen Sand an den Strand gekarrt. Deshalb ist unser Haus jetzt schuldenfrei. Dann haben sie wunderschöne Prospekte drucken lassen, auf denen der Sandstrand so richtig einladend zu sehen ist. Und dann haben die Winterstürme den Sand einfach davongespült. Nun haben sie Prospekte mit Sandstrand, aber einen Club mit Kieselstrand. Aus rechtlichen Gründen können sie nicht eröffnen, sagen sie. Wir denken viel an dich und hoffen, daß du glücklich bist.

Deine Maria.

Angelika Aliti

Das Maß aller Dinge

Die dreizehn Aspekte weiblichen Seins

288 Seiten

ISBN 3-88104-323-3

„Ich bin eine freie Tochter dieser Erde und als diese geliebt, willkommen, sicher und geborgen."

Die sinnliche Frau

240 Seiten

ISBN 3-88104-312-8

Dieses Buch soll Frauen zeigen, wie groß ihr Liebespotential ist und wie reich ihr Leben wird, wenn sie es wagen, dieses Potential zu entfalten.

Macht und Magie

Der weibliche Weg, die Welt zu verändern

mit 49 Symbolkarten, gezeichnet von Sonja Renner

240 Seiten

ISBN 3-88104-300-4

Mit Hilfe dieser Symbole kannst du viel bewegen und verändern. Magie, das Wissen vom Spiel mit unsichtbaren Kräften, ist mächtig wie eh und je.

Mama ante portas!

Wenn Frauen das Sagen haben

280 Seiten

ISBN 3-88104-287-3

„Die Männer hatten dreitausend Jahre lang ihre Chance. Sie haben sie nicht genutzt. Jetzt beginnt die Zeit der Frauen."

Verlag Frauenoffensive

„Highnoon in der Steiermark“

Angelika Aliti
Die Sau ruft
Offensive Krimi

192 Seiten
ISBN 3-88104-297-0

Ein skrupelloser Schweinemäster, ein versoffener Tierarzt, die verrückte Frieda vom Berg und ein junges Mädchen, das aus dem Heim beim Bauern zum Arbeiten gelandet ist, Jäger und Polizisten, die gemeinsame Sache machen, eine Tote im Dorfbach und ein riesiger Skandal mit verbotenen Antibiotika als Masthilfe für Schweine. Klar, daß die Schwarze Witwe und ihre Hausamazone Nina die Sache aufdecken.

Angelika Aliti
Kein Bock auf Ziegen
Offensive Krimi

192 Seiten
ISBN 3-88104-310-1

Samstagnacht, Disconacht. Auf der Landstraße von St. Peter nach Dietersdorf. Die junge Frau auf dem Beifahrersitz in dem kleinen roten Auto starb offenbar noch an der Unfallstelle... Es spielen mit: die Nachbarn, ein fundamentalistischer Pfarrer, ein Ring von sexuellen Mißbrauchern und Päderasten in einem Kloster. Als Putzfrauen getarnt, unterwandern die Schwarze Witwe und Nina das Ganze.

Verlag Frauenoffensive

Offensive Krimis auf einen Blick

Angelika Aliti
Die Sau ruft
ISBN 3-88104-297-0
Kein Bock auf Ziegen
ISBN 3-88104-310-1
Heißes Herz
ISBN 3-88104-333-0

Kate Calloway
Erster Eindruck
ISBN 3-88104-292-X
Zweite Geige
ISBN 3-88104-299-7
Dritter Grad
ISBN 3-88104-304-7
Vierter Anlauf
ISBN 3-88104-315-2
Fünftes Rad
ISBN 3-88104-322-5
Sechster Sinn
ISBN 3-88104-327-6

Kitty Fitzgerald
Die Frau gegenüber
ISBN 3-88104-222-9

Shirley Seul
Kopflos
ISBN 3-88104-311-X

Kim Engels
Späte Rache
ISBN 3-88104-316-0

Lisa Haddock
Finaler Schnitt
ISBN 3-88-104-285-7
Falsche Korrektur
ISBN 3-88104-278-4

Karen Saum
Mord ist relativ
ISBN 3-88104-209-1

Verlag Frauenoffensive

Offensive Krimis auf einen Blick

Janet McClellan
Kansas City-Bomber
ISBN 3-88104-305-5

Claire McNab
Der Trick
ISBN 3-88104-332-2
Kettenbrief
ISBN 3-88104-309-8
Geheimer Kreis
ISBN 3-88104-290-3
Marquis läßt grüßen
ISBN 3-88104-277-6
Bodyguard
ISBN 3-88104-264-4
Das Ende vom Lied
ISBN 3-88104-242-3
Ausradiert
ISBN 3-88104-217-2
Tod in Australien
ISBN 3-88104-214-8
Überfällig
ISBN 3-88104-321-7

Ellen Hart
Höflicher Beifall
ISBN 3-88104-298-9
Kleine Opfer
ISBN 3-88104-272-5
Tödliche Medizin
ISBN 3-88104-257-1
Lampenfieber
ISBN 3-88104-243-1
Winterlügen
ISBN 3-88104-237-7
Dünnes Eis
ISBN 3-88104-229-6
Räuberwein
ISBN 3-88104-326-8

Verlag Frauenoffensive